本日はどうされました？

加藤　元

集英社文庫

目次

本日はどうされました？

序章　萩野真波

彼女のこと。

はじめに言い出したのは、誰だったかしら。

そうそう、菊村さんだった。

「連続不審死事件ってあるでしょう。真中さんもあやしくない？」

口調は冗談めかしていましたけど、眼つきはわりに真面目でした。でも、もちろん私は笑ったんです。

「ひどいこと言うね」

って。

菊村さんが言ったのは、K県のO病院で起きた事件のことです。そう、勤めていた看護師が、入院患者の八十代男性の点滴に殺菌消毒液ヂアミトールを混入し、中毒死させたという事件。O病院ではその時期、七月はじめから二ヵ月あまりのあいだに、五十人近い入院患者が死亡していたんですってね。それまで誰も指摘しなかったのがおかしいくらいだけれど、現実はそんなものかもしれない、とも思うんです。なにか変だと気づいても、あえて言挙げはしない。日々の仕事に紛れて、気がつかないふりをする。自分以外の誰かが言えばいいことだと受け流す。現場の人間がことなかれ主義になってくるのは、どこの病院でも、いいえ、どんな会社組織でも同じことかもしれません。

それだけ多くの死が続いたあとで、ようやく死因に不審なものを感じたんですね。病院は警察に通報し、亡くなった患者さんは県警で司法解剖をされました。結果、体内から消毒液、界面活性剤が検出されたんです。ヂアミトールは病棟のナースステーションに常備されていたものでした。この病院にも置かれていますよ。むろん、きちんと管理はされていますけれど。

容疑者となった看護師は、それまでにもあやしい節があったようです。ある看護師はロッカーの鍵をかけ忘れて私服を破かれたと言いますし、別の看護師は共同の冷蔵庫に入れておいたペットボトル飲料に妙な味がしたと言います。確かな証拠があるわけじゃないけれど、どうも彼女の仕業らしいと仲間うちでは囁(ささや)かれていたみたいです。

「うちにも似たようなことがあったじゃない？」

菊村さんはそう言うんです。

「私の携帯電話がトイレの便器に棄(す)ててあったこととか、蓮沼(はすぬま)さんのネックレスがなくなったこととか」

そうなんです。うちの病棟でも、一時期そんなおかしなできごとが立て続けに起きていたんです。Ｏ病院とまったく同じで、ペットボトル入りの飲みものに洗剤が入れられていたこともありましたっけ。けれど、犯人はけっきょくわからないままでした。

「あれ、やっていたの、ぜったい真中さんだと思わない？」

「決めつけるのはよくないよ」

と、私は言いました。

「でも、カンファレンスであの子がみんなから集中攻撃を受けたすぐあとじゃない。あんな真似をしそうな人間はほかに考えられない」

菊村さんは断定しました。

Ｏ病院の事件でも、容疑者は、患者が亡くなったとき、ミスを指摘されたことがあるのだといいます。その後、そんなトラブルがあったようです。

「あの事件のニュースを観ていると、ぞっとする。まるで真中さんを見ているみたいなんだもの」

菊村さんは、真中さんをひどく嫌っていました。勤務で一緒になっても、ほとんど口もきかないくらいです。菊村さんだけじゃない。この病棟の看護師仲間はたいがい彼女を疎んじていました。ことさらに無視をしたり意地悪を言ったりはしなくとも、個人的な話はほとんどしないし、食事や飲みに誘うことはいっさいありません。

「二言目には、私じゃありません。私は聞いていません。責任を取りたくないのが見え見えなのよ。あの年齢(とし)で主任にもならない。なれないのは、当人にもやる気がなさすぎるからでしょう」

あの事件の発覚から二年近く、容疑者は否認を続けていましたが、ついに自白し、逮捕されました。

「二十人くらいの入院患者に、同様な行為をした」

容疑者は、そのように供述しているようです。消毒液は点滴の袋や管に入れ、自身の勤務時間外に死亡するよう工作していたといいます。容態の急変を見るのが厭(いや)だったのだ、というのが容疑者の言いぶんでした。

自分のいないあいだに死んでほしかった。勤務中に患者が死ぬと、自分が家族へ説明しなければならない。それが面倒だった。

「あの動機、本当だとしたら怖すぎるね」

菊村さんは肩をすくめました。

「わけがわからない。まったく理解できない。でも、理解不可能な言いわけなら、真中さんもいかにも言いそうじゃない？」

O病院で、容疑者が働いていたのは、療養病棟といわれる病棟でした。高齢で痰(たん)の吸引や胃ろう、点滴などの医療依存度が高い、進行性の病気や慢性疾患を抱えた、回復の見込みが薄い患者を専門的に診る病棟です。入院患者の多くは八十代以上の高齢者であり、意思の疎通も難しい状態にあることも少なくありません。多くは寝たきりのまま最期を迎えることになるのです。

「終末期の患者ばかりって状況は、きついよね。元気になって退院するってことがないんだもの」

みな、出ていくときは生きていない。亡骸となって帰っていく。言い方は悪いけれど、死ぬために入院するようなものです。

「うちでも同じよ」

菊村さんが言いました。

「高齢の患者に急変が出ることはめずらしくなかった。ことに真中さんが夜勤明けのときはね」

私は、そう言われてみればそうかもねと、受け流しました。

「彼女の申し送り、あのとおりだからね。前兆がないはずはないけれど、あったって私たちには肝心なところが伝わらない」

菊村さんは吐き棄てます。真中さん、口下手といいますか、とにかく的確な伝言はできないひとでした。自分だけわかっていても、なぜか周囲には伝えない。私たち仲間は、ずいぶん困らされたものです。

「O病院の事件は、どうなるのかしらね」

「本人の証言次第じゃないの。火葬になる前に解剖できたの、ひとりかふたりなんでしょう?」

しょうがない。日本は火葬ですから、証拠はすべて灰になってしまっています。

「これが欧米なら、大半は土葬でしょう。証拠も集められたんでしょうけど」

「それはそれで大変そうね」

菊村さんが苦笑しました。

「二十人もの墓を掘り返して解剖するなんて、解剖医は大忙しだわ。その現場にはいたくないね」

しみじみと言います。

「本当にね」

O病院がどんな状況であったか、知りません。けれど、おそらく人手は足りていなかったのではないでしょうか。看護師の数がじゅうぶん、などという病院は、少なくとも私が知る限り、ありませんから。

統計のうえでは、看護師志望者の数は年々増えているそうですね。不況の影響もあるのでしょうか。けれど、現場では常に人員不足です。志望者がいかに多くとも、離職率も高いのです。

そう、真中さんもまた、看護師を辞めていったひとりなのです。

真中さんは、この病院で五年、働いていました。

それまでは都内の総合病院で、外科にいたようです。ここの病院では最初から内科病棟を希望していました。外科は合わなかったと言っているのを聞いたことがあります。その気持ちはわかります。合う合わないは誰にでもありますから。

しかし、内科でも、真中さんの勤務態度は熱心とは言えませんでした。連絡事項はメモも取らずに聞き流す。そして忘れる。咎めても、言いわけをするばかりなのです。それも、いつも同じ言いわけ。

「忙しくて手がまわりませんでした」

正直、腹が立つこともありました。忙しいのはみんな同じなのです。それも「手がまわ」らない真中さんをカバーしなければならないから、よけいに忙しくなるというのに。

真中さんには病院そのもの、看護師自体が向いていないのかもしれない。そう思うこともたびたびありました。しかし、真中さんは遅刻はせず、急な病気で休むこともなく、きっちり出勤してきますし、雑な部分は多々あれど、業務はいちおうこなしていました。患者さんへの態度にも、目立って悪いところはありません。

けれど、真中さんには、なにかが欠けていたんです。

能力なのか、感性なのか、それをうまくは言えないのですが……。

疑っているのは、菊村さんだけではない。「噂(うわさ)」は、次第に大きくなってきているようです。

亡くなられた患者さんのご遺族のなかでも、真中さんへの疑念を口にするひとがいらっしゃるようだと聞きます。

え、なにか投書があったんですか、警察に？

はじめて知りました。じゃ、まるきり根も葉もない「噂」じゃなかったということなんでしょうか。

まさか、と思います。いくら何でも、身近でそんなことが起きたなんて、信じたくありません。

真中さんの消息ですか？

いいえ、私は知りません。今まで申し上げたことでもおわかりかと思いますが、彼女とはあんまり親しくなかったんです。

蓮沼さんの方が仲良くしているようでしたよ。でも、辞めたあとでも連絡を取り続けるほどの関係だったかどうかはわかりません。あくまでも表面上のことで、内心は真中さんを好いていなかったような気もします。真中さん、かなり癖の強いひとでしたから。

同じ病院、同じ職場にいれば、話すことも多いけれど、環境が変われば自然に縁が切れていく。そんなものですよね。

真中さんは今、どこにいるんでしょう。

そんな悪い「噂」が囁かれていることを、彼女は知っているのでしょうか？

真中さんにお会いになるつもりなんですか。

やめておいた方がよくありませんか？

いいえ、私は、彼女を疑っているわけではないんです。ただ、何だか怖い気がするんです。

この病院で、本当に起きたこと。

真実を知ることが、怖いんです。

第一章　植松佑喜子

一

あれは、去年の七月のことでした。

何日かは思い出せませんが、勤め先で百円均一の特売があった曜日でしたから、火曜日です。午後一時半を過ぎたころ、私の携帯電話に着信がありました。

この時間、私は働いています。なので、そのときは出られなかったんです。電話は、足もとの棚に置いた帆布製の小さな手提げバッグの中に入れてありました。着信音は鳴らないようにしていましたが、電源は切っていません。

電話がぶるぶると振動したのには、すぐ気がつきました。それも、かなり長い。メッセージやメールじゃない。内心、首を傾げました。

誰からだろう。火曜日の午後一時半。私が仕事中なのは、家族なら知っているはずなのに。

言い忘れましたが、私の仕事は、スーパーマーケットのレジ係です。着信があってから十五分くらい経ったところで、お客さんが途切れたので、バッグから電話を取り出してみました。

母の携帯電話からの着信でした。

何なのよ、こんな時間に。

最初に感じたのは、苛立ちでした。そう、母なら、こちらが仕事中だろうが旅行中だろうが、気にせず電話をかけてよこすでしょう。こちらの都合も状況も、いつだってお構いなし。そういうひとなんです。

抛っておこう。

電話をバッグに荒っぽく突っ込みかけて、不意に不安になりました。

留守番電話にメッセージが入っている。変だ。

ふだんなら、こんなことはあり得ない。こちらが応答しないで、留守番電話サービスに切り替わったら、舌打ちをしてぶちっと通話を切る。それでおしまい。そう、母ならそうするはずなのに、このときはメッセージが入っていた。

変だ。おかしい。

母は七十七歳でした。父の死後、五年ほどひとり暮らしをしています。元気は元気だけれど、まったくの健康体ではありません。糖尿病を患っているのです。

なにかあったのかしら。

胸がざわつく感じがしました。それでレジを抜け出しトイレに駆け込んで、メッセージを再生してみたんです。

「もしもし」

悪い予感は当たった。私は電話を強く握りしめていました。

「柳沢はる子さんの娘さんですか」

留守電に入っていたのは、知らない男性の声でした。

「柳沢さんが救急車で病院に搬送されました。至急連絡をください」

眼の前が暗くなるような感覚。

おかあさんが、倒れた。

こんな日が、ついに来たんだ。

私は、店長に事情を話して、仕事を早退させてもらうことにしました。

「それは大変ですね。はやく行ってあげてください」

私より十歳ほど若い、四十歳を迎えたばかりの店長は、笑えない駄洒落ばかり口にしている陽気な男性なのですが、さすがにこのときは真面目な顔つきになっていました。

「で、どこの病院へ運ばれたのですか」

「E病院です」

「奇遇ですね。僕の祖父も、あそこに入院していたんです」

と言われても、私としては、そうですかと応じるよりほかにありませんでした。

「僕が大学生のころでした。肺癌（はいがん）でしてね。で、けっきょくあの病院で」

店長は、言いかけた言葉を飲み込みました。死んだ、と言いかけたのでしょう。こんな際、決して口に出してはいけない台詞（せりふ）です。

「それじゃ、すみません。お先に失礼します」

私が頭を下げると、店長は神妙な面持ちで頷（うなず）きました。

「お大事に」

いや、倒れたのは私じゃないんだけど。

けれど、店長としては、かけるべき言葉はほかにないですものね。

店を出ると、すぐに大通りです。歩き出しながら、タクシーを探しました。E病院は、いつも通勤で使っている路線上にあって、駅からも遠くありません。けれど、気分としては、タクシーで向かいたかったのです。でも、タクシーは一台も来ません。自動車が絶えることのない道路なのに、こんなときに限ってタクシーの姿だけは見当たらない。何なのよ。いったい何の呪いなの。じりじりしながら地下鉄の駅に向かって足を進めました。けっきょく、タクシーを捕まえることはできないまま、私は地下鉄駅の階段を下りていくしかなかったのです。

母は、内科の病棟にいました。

熱中症でした。三十五度を超える暑さの日盛りに、スーパーマーケットに買い物に出て、店先で動けなくなってしまったのだそうです。

「さいわい、生命に関わるほどではありませんでしたが、かなり強い脱水症状が出ていました」

三十代くらいの若い男のお医者さんは、淡々とした口調で説明してくれました。

「症状は改善したので、本来ならば即日退院できるところなのですが、血液検査の結果、腎臓の機能によろしくない兆候がみられました。手足に浮腫も出ている。しばらくのあいだ、入院が必要です」

「入院って、どのくらいの期間になるでしょう」

「そうですね、一週間ほどは様子を見た方がいいと思います」

話を聞きながら、ひとまずはほっと胸をなで下ろしました。そう、生命は無事だったのです。

むらむらと怒りがわいて来たのは、病室で母と顔を合わせたあとでした。

「まいったよ」

ベッドの上で、母は仏頂面をしていました。

「救急車なんかに乗せられちゃった」

いかにも不本意と言わんばかり。が、ほんのちょっと頬がゆるんでいるのを、私は見逃しませんでした。

嬉（うれ）しいのかい。

「ひと騒がせね。どうしてこの暑さのなか、ふらふらと外を出歩いたりするの」

災害級、生命の危険があるほどの猛暑。猛暑を通り越した酷暑。毎日、病院へ運ばれる人間が何十人も出ている。ＴＶで報道されているじゃありませんか。母がそれを観ていないはずがないんです。茶の間ではいつだってＴＶがつけっぱなしなんですからね。

「このごろの夏は昔と違うの。気をつけてよ」

「まさか自分が倒れちゃうなんて思わないもの」

母は口を尖（とが）らせました。

「おまえだって、そうだろう？」

またこの顔だ。私はいくぶんむっとしました。私の言うことを、母は素直に聞き入れたことがありません。必ず言い返してくるんです。

「私は不必要に外を出歩いたりしません。冷房の効いたお店の中にいます」

いです。

レジのすぐ横にある野菜売り場から流れてくる強烈な冷気のせいで、むしろ寒いくら

「おまえだって知っているだろう。あたしは夏には強いんだ」

母が言いつのります。

「冷房だってふだんはぜんぜんつけないし、そんなに暑いとも思わなかった」

自慢するみたいな口ぶりです。エアコンをつけなさい。何度も注意したのですが、母はぜったいに耳を貸さないのです。

「あのね、年寄りはね、暑さや寒さの感覚が鈍くなっているの。だから危険なの」

自分だって若くはないのに、私はあえて意地悪い言葉を選びました。

「冷房は嫌い。躰が冷えきっちゃう」

私は奥歯をぎりりと嚙みしめました。誰も好きとか嫌いの話はしていない。そんなことを言っているから、この始末なんじゃないか。

「あたしは昔から暑さには強い体質なのに」

ふてくされて繰り返すばかりです。

「昔とは、気候も変わったの」

「あたしは暑くないんだってば」

だーかーらー。食いしばった歯のあいだから軋むような声が漏れそうになりました。

同じことを何度言えばわかるのか。おかあさん、あなたはもう昔とは違うの。老いてしまったの。眼の前の娘を見なさいよ。すっかりおばさんになってしまっているでしょうが。ってことは、あなたはおばあさんなの。

「今は今。変わってしまったんだから、しょうがないじゃない」

いけない、相手は病人なんだ。あまり刺々しいものの言い方をしては駄目だ。

自分でもよくわかっています。けど、母と話をしていると、どうしても苛立ってしまうのです。

昔から、そうでした。

ずっと昔、子供のときから、母と私はあまり気が合わなかったのです。

「あ」

不意に、母が心細げな声を出しました。

「慎一には連絡してくれた？」

やっぱりね。そう来ると思った。

私は溜息を押し殺して、答えました。

「さっき電話したら、出なかった。仕事中で手が離せないんでしょう」

私と同じでね、と胆でつけ加えます。

「留守番電話にメッセージを入れておいた」

「そう」

母は安堵したように頬をゆるめました。

「お見舞いに来るよう、言った方がいい？」

「いいわよ。あの子は忙しいんだから、迷惑はかけられない」

私にならら迷惑をかけても構わないわけ？　私だって暇じゃないよ。

よくある話です。母は娘の私より、長男である慎一、兄ばかり可愛がっていました。

「とにかく、男の子を産んだんだもの。柳沢家の嫁としての役目は果たしたわけよ」

ある年のお正月、母が叔母に向かって言い放ったのを聞いたことがあります。

「娘はおまけみたいなものよ」

四十年も前、昭和の時代は、まだそんな価値観が幅をきかせていたんですね。理解はできますが、胸の奥に深く刺さったその言葉が、母と言い争うたびにうずいてしまうのは確かです。

どうせ、おかあさんにとって、私はおまけなんだもの。

時間は流れ、兄も私も成長し、やがて結婚して家を出ました。今や、柳沢家の大事な長男である兄は名古屋に住んでいて、お正月以外は実家に顔を出さなくなりました。兄の奥さんが名古屋出身の女性で、彼女の希望でそちらで働いて家を買ったんです。母はずいぶん反対したのですが、兄の意思は変えられませんでした。当然、兄の奥さんと母は犬猿の仲です。お正月も、ここ十年ほどはなにかと理由をつけて奥さんはこちらへは同行しません。兄夫婦には娘が二人いるのですが、彼女たちも受験だの部活だのと言って、この年はやって来ませんでした。実際のところ、母親の影響を受けて、母親と不仲のおばあちゃんには会いたくないんじゃないでしょうか。

もっとも、母はお気に入りの息子さえ帰って来てくれれば、それでいいみたいです。兄に対しては、上げ膳据え膳。かしずくようにもてなして、兄がなにを言っても、にこにこはいはい、素直に耳を傾けている。

私に対する態度とは、大違いです。

躰を気遣って口にした言葉さえ、うるさそうに聞き流すんですからね。

帰りがけ、ナースステーションを覗いて、そこにいた看護師さんに挨拶をしました。

「四〇七号室の柳沢はる子の娘です。今日からお世話になります」

頭を下げると、明るい声が返ってきました。

「すぐにベッドが取れてよかったですね」

視線の先に、にこやかな看護師さんの姿がありました。長い髪を後ろでひっつめた、化粧っ気の薄い女性です。まだ三十歳前に見えます。

「熱中症で倒れるひと、多いんですか」

私が訊くと、看護師さんは眉を少し寄せました。

「この暑さで、体調を悪くされるお年寄りは少なくないですよ。柳沢さんのお隣りのベッドの梅田さんも、三日ほど前に入院されたんです」

そうか、うちのおかあさんだけじゃないのか。

「はやくよくなられるといいですね」

看護師さんは、そう言って見送ってくれました。

感じのいいひとだな、と思いました。

この病院なら、おかあさんも安心だ。

二

私は毎日、仕事の帰りに、母の病室を見舞いました。そうせざるを得ない気持ちでした。

一週間くらいの入院。はじめはそう言われたのですが、母はすぐには退院できませんでした。

母は、糖尿病性腎症と診断されました。糖尿病を患っていることは、前々から知っていました。教育入院をし、薬も出してもらって、小康を保っていると思っていたのですが、症状はだいぶ進行していたようです。

もうしばらく入院しながら透析を受けて、良くなれば通院しながらの透析治療に切り替える。お医者さんからはそのように言われました。いささか衝撃ではありました。母の病気が進んでいたことに、私はまるで気づかなかったのです。

いいえ、気づこうとしなかったのかもしれません。

母のことを伝えても、兄からの返事は素っ気ないものでした。

俺は忙しい。東京までわざわざ行けない。おまえに任せる。

まるで電報みたいな回答。まあ、兄には兄の家庭があるし、そちらを大事にするのは当たり前のことですものね。

仕方がない。私がやるしかないんだ。

ひとつには、そんな意地のような気持ち。もうひとつは、罪悪感もあったのです。

ふだん、母に会いに行くのは、月に一度くらいでした。

午前九時から午後三時まで、週四回。ひとり息子の博己（ひろき）が中学生になったころから働きはじめて、もう十年近くになるでしょう。お店ではかなりの古顔になりました。パートタイマーとはいえ、仕事をしている身で、なかなか時間が取れなかった。というのは、言いわけです。

博己は大学を卒業して鉄道会社に就職したばかり。区役所勤めの夫も息子も、勤務先からの帰りはいつも夜の八時か九時ごろです。外で食事をしたりお酒を飲みに行ったりもして、家では夕食を食べない日もあります。そういうことも、今にはじまったことではないんです。まだ息子が大学生の時分から、家族そろって夕食のテーブルを囲むのなんて、週に一回か二回しかありませんでした。仕事帰りに、母親の顔を見に行く時間を作れないわけではなかったんです。

なのに、私は母に会いには行きませんでした。

年々、母親が老いていくのは、わかっていました。わかっていながら、まだまだ元気だ、大丈夫だと、自分に言い聞かせて、見ないふり、気づかないふりをしていたんです。

母が倒れた日、その話をすると、夫は言いました。

「俺や博己のことはいいから、おかあさんの世話を優先するといいよ」

そんな風に言いながら、食事を作るとか洗濯機をまわすとか、率先して家事を手伝ってくれるひとでもないんですが、その言葉はありがたく感じました。

母の病室は、廊下の隅にある二人部屋でした。建物の構造上、狭い造りになっているので、入院費用は六人部屋と同じ。ちょっと得をしたような気分です。

同室の患者は梅田さん。母よりは若い、七十歳そこそこの小柄な女性です。病院へ通ううち、梅田さんとはよく話をするようになりました。

「この病院は、あんまり質がよくないよねえ」

その話をしているとき、母はその場にはいませんでした。トイレに行っていたのか、透析を受けに行っていたのか、検査だったのか、それは覚えていません。

「そうでしょうか。看護師さんはいい方たちみたいじゃないですか」

「いい方？」

梅田さんは意味ありげに笑いました。

「そりゃね、ちゃんと仕事をしてくれる子もいるけどね。いろいろなのがいるわよ。こっちがなにを話してもむっつりしてろくに返事もしないのもいれば、用事を頼んでもなかなかやってくれないひとだっているし、ナースコールを鳴らしたって無視されることさえあるんだもの」

私は驚きました。それは困る。

「小さな病院だし、ベッドはいつもぎっしりだし、手が足りないのはわかる。いつも疲れきっているものね、あの子たち」

梅田さんは溜息をつきました。

「でも、いくら忙しくても、患者さんは病気だから入院しているんですもの」

私が言うと、梅田さんは我が意を得たりとばかりに身を乗り出しました。

「そうそう、調子が悪いから呼んでいるのに、聞こえないふりをするのはあり得ないでしょう」

疲れきっている。そうなのか。

私は以前、挨拶をしたあの看護師さんを思い出しました。

そんな感じには見えなかったけどな。

「いくら声をかけても無視するなんて、お昼どきのファミリーレストランの店員じゃないんだから」

私は思わず吹き出しました。

「いますねえ。そういう店員」

全国チェーンの居酒屋にもよくいますね。すみません、と呼びかけた声を壁のようにはじき返す店員。時給がよほど安いのか。まあ、客の側からすれば、知ったことじゃありませんけれど。

「でも、やらなければならないことが次々と起きて手が離せないとき、どうでもいい用事で呼ばれたりすると苛つきますよね」

「どうでもいいったって、こっちは患者よ」

梅田さんはぷりぷりと怒ります。

大事にしてもらうのが当たり前、それはそうです。けれど、職種は何であれ、働いている身としては、ことと次第によってはいくらかぞんざいになってしまう店員さん、もしくは看護師さんの気持ちがわからないことはないのです。

「見殺しにしたいのかって思うわよ。患者のひとりやふたり死んだって、すぐにまた補充は入るもの」

梅田さんの口調が辛辣になりました。

「むしろはやく死んだ方がいいんじゃないの。ベッドの回転率がはやい方がもうかるでしょうしね」

「ベッドはいつもいっぱいみたいですね。うちは、たまたますぐに入れて、運がよかったんです」

私がとりなそうとすると、梅田さんは奇妙な笑い方をしました。

「運がよかった、ねえ。まあね、おたくにとってはよかったでしょう。ちょうどその朝、前の患者さんが亡くなられたお蔭ね」

「え」

私はひやりとしました。

「そうだったんですか」

病院で入院患者が亡くなる。めずらしいことじゃない。それはそうですよね。

「看護師さん、もちろんそんなことは言いやしないでしょうけどね」

ええ、言いませんでしたとも。

すぐにベッドが取れてよかったですね。彼女が言ったのは、それだけでした。屈託のない、感じのいい顔。あの言葉の裏には、こういう事情があったのです。すべてわかっていて、わからないふりをした。してくれたのでしょう。看護師さんにとって死は日常的なものなのです。

　私たちとは、違う。

「ここの病棟には、怪談があるの」

梅田さんは、にやにや笑いを浮かべたまま、言いました。

「怪談？　幽霊でも出るんですか」

まだ外は明るいのに、いささか腰が引けました。弱いんです、そういう話。

「幽霊より怖いのよ。あのね、ある看護師さんが夜勤に入ったあとは、入院患者の容態が必ず急変するんですってよ」

梅田さんは、凄むように続けました。

「それで、その患者さんは、必ず死ぬの」

そのとき、母が病室に帰って来ました。私は救われた思いで声を張り上げました。

「おかあさん、お帰りなさい」

この話、おかあさんにはしてほしくないな。

帰って来た母と入れ替わりに、梅田さんがトイレに立ちました。

「あのひとねえ」

すると、待ちかねたように、母が私に訴えました。

「夜中、咳がうるさいのよ。寝られやしない」

まただ。私はうんざりしました。母は他人をすぐに悪く言う。近所の人たち、親戚、私の友だち、外見であれ性格であれ、いいところを褒めることはまずない。私がどうしても好きになれない、母の性分。

「梅田さんは肺の病気なんだからしょうがないじゃない」

言うと、母は傲然と返しました。

「あたしだって病気だよ。でも、他人に迷惑はかけない」

私はむっとしました。

迷惑はかけていない？　この場にいる私はどうなのよ、娘の私は。

「でも、おかあさん、昔からいびきと歯ぎしりはかなりなものじゃないの。梅田さん、我慢してくれているのかもよ」

母は顔色を変えました。

「あのひと、今の今まで、あんたにそんな悪口を吹き込んでいたの？」

「梅田さんはなにも言っていないよ」

悪口を言ったのは、おかあさん、あなたです。

「だったら、あんたがそんな邪推をするのはおかしい」

「邪推って」私の声も尖ってきました。「そもそも、おかあさんがわがままを言うからいけないんでしょう」

「あたしは病人なんだよ。少しは気を遣ってくれてもよさそうなもんだ」

気は遣っているよ。だからこうして毎日お見舞いに来ているじゃないの。

「こんな病人をがみがみ怒鳴りつけなくてもいいじゃないか」

母は急に哀れっぽい声になりました。

「いつまで経っても、あんたは大人になれない子だね」

あんたのせいだよ。私は言葉を飲み込みます。

あんたが私を一人前として扱わないからだよ。


どうして。

なぜ？

母とは、いつだってぎすぎすした言い合いになってしまうのだろう。なぜ？

いくら大人になっても、結婚して妻になっても、子を産んで親になっても、母のなかでは、私はできの悪い小娘のままなんです。

親子というのは、多かれ少なかれ、そういうものなのだ。頭ではわかっていても、胆(はら)がおさまりません。黒いものがもやもやと渦を巻きます。そしてこらえきれず感情的になってしまう。

そのあとで、自己嫌悪でいっぱいになる。

どうして。

なぜ?


帰りがけ、ナースステーションの入口で、私は声をかけました。

「いつもお世話になっています」

ひとりの看護師さんがこちらを見て、会釈を返してくれました。

おや。

同じような髪形をしているから、同じひとだと思ったのですが、このあいだの看護師さんとは違う女性でした。

疲れているのかな。梅田さんが言ったとおりだ。私を見返したあの眼つき、いかにも面倒くさそうで、あまりいい感じじゃない。口もとは今にも、うるせえな、と舌打ちでもしそうだし。

だけど、自分だって、パート先でいつもいつも愛想よくお客さんに接しているわけじゃないものね。

仕方ないのかも。

三

入院して、一週間ほど経ったころでしょうか。

「帰りたい」

不意に、母が言い出したのです。

「気持ちはわかるけど、もうしばらく辛抱してよ」

お医者さんから退院の許可が下りない以上、私はなだめるしかありません。

「いつになったら退院できるの。通院じゃ駄目なの？」

母は駄々っ子のような口調でした。

「先生がいいと言うまではね」

「うちにいた方がよくなる。このままここにいたら死んじゃうよ」

なにを言っているの。笑い飛ばそうとしましたが、母の眼つきは真剣でした。

「怖い」

母は声をひそめました。

「怖いって、なにがよ」

「看護師さんが怖い」

「みなさん、親切じゃないの」

ついさっきも、廊下ですれ違いざま、看護師さんに挨拶をしたばかりです。気持ちのいい笑顔でした。最初に会ったひと、だったと思います。少なくともこちらをうるさがるような雰囲気はありませんでした。

「親切な看護師さんもいるよ。でも、そういうひとばかりじゃない」

「そんなことを言っても仕方がないでしょう。看護師さんだって人間なんだから、おかあさんと合うひともいるし、合わないひとだっているでしょうよ」

「合う、合わないの問題じゃない」

母は声を荒らげました。

「怖いんだ」

隣りのベッドから、カーテン越しに激しく咳き込む声が聞こえてきました。梅田さんが眠っているのです。

ははあ、と思いました。

おかあさん、梅田さんから、なにか聞いたんだな。

「看護師さん、おかあさんが怖がるようなこと、なにかするの？」

訊くと、母は身震いをして、私に囁くのです。

「夜中にね、あたしの顔をじっと見下ろして、呼吸を窺（うかが）っているんだ」

なあんだ。

私は吹き出しました。

「おかあさんの様子を見てくれているのよ。苦しそうじゃないか、容態に変化はないか。それが彼女たちのお仕事だもの」

仕事熱心なのを怖がられては、看護師さんも立つ瀬がありません。

「違うよ」

母ははじき返すように否定しました。

「そんなんじゃない。あれは、仕事で見ているんじゃない。まがまがしい気持ちなんだ。あたしにはわかる」

おかあさん、それは被害妄想というものよ。

私が言いかけるのに押しかぶせて、母は叫ぶように言いました。

「殺される前に、はやくここから出して」

梅田さんの寝息が止まりました。眼を覚ましてしまったのでしょう。

「出してよ」

私は啞然(あぜん)としました。

おかあさん、尋常じゃない。


お医者さんにお願いして、一日もはやく退院できるようにする。

口先だけの約束をして、どうにか落ち着かせたあとで、ナースステーションに立ち寄りました。母の妙な「妄想」について、看護師さんに相談しようと思ったのです。

「そういう風におっしゃる方はときどきおられますよ。柳沢さんばかりじゃありません」

冷静に受け止めてくれたのは、先ほど挨拶を交わした、入院初日に会った、あの看護師さんでした。

「苦しい処置をしなければならないこともありますから、患者さんとしてはそう思っちゃうんでしょうね。無理もないです」

淡々と言われると、申しわけない気持ちでいっぱいになります。

「うちの母、みなさんに対して変な態度を取っているんじゃありませんか」

「私には、そんなことはありません」

看護師さんは、苦笑いしました。

「けれど、担当によっては、お食事を食べてくれないときはあるみたいですね。毒を盛られているとお疑いになるみたいです」

私はがっくりしました。

「すみません」

「お気になさらず」

看護師さんは静かに笑いました。

「これが仕事なんです。慣れています」

私はふたたび深く頭を下げるしかありませんでした。


夜になって、家で夫にその話をしました。

「おかあさん、認知症の気があるのかもしれないな」

夫は眉をひそめながら言いました。

「ぼけてくると、やたらと猜疑心が強くなるだろう。死んだ親父もそうだったじゃないか。自分が物忘れをしたことさえわからないものだから、とにかく周囲のせいにする。おふくろや義姉さんが苦労をしていた」

「そうかもね」

鍵がない誰が隠したと怒鳴り、財布がないおまえが盗んだなとわめき、デイケアなんてあんな幼稚園児みたいなお遊戯に参加できるかと歯を剝き、みなが俺を馬鹿にしやがると怒りに任せて壁を蹴って足首の骨を折ったりもした舅。若いときも感情的なところはあったけれど、あんなにひどくはなかった。うちのおとうさんはすっかり人間が変わってしまったよと溜息をついていた姑。今日の母の興奮したさまを思い出して、私の気分は暗くなりました。

おかあさんも、ああなっちゃうのか。

「しかし、ちょっと気にはなるな」

夫が首を傾げました。

「病院のことだよ。おかあさんだけじゃない。同じ病室のひとも、文句を言っていたんだろう？」

ああ、と私は頷きました。梅田さんね。

「ナースコールに応じないというのは、かなりひどいじゃないか」

「そうよね」

「おかあさんが言うことにも、原因はあるのかもしれないよ」

「そうかな」

「看護師さんの態度に、どこか問題があるのかもしれない。素っ気ないとか、ビジネスライクだとか。そういった点が、おかあさんからしたら怖いという発言になるんじゃないか」

「私から見れば、そんな冷たい雰囲気でもないんだけど」

「そりゃ、自分が入院しているわけじゃないもの。見える範囲は限られているだろう」

私は黙りました。そう言われれば、そのとおりです。毎日、母の病室へ足を運んでいるとはいえ、私が看護師さんと接するのは、一日にほんの数十秒。すれ違いざまに挨拶を交わす程度なのです。おかあさんの言いぶんがおかしいと頭から決めつけてしまっていたけれど、そう判断をする根拠はなにもないのです。

今日も話をした、あの看護師さんは確かに好印象だけど、考えてみれば感じのよくない看護師さんだっていたじゃないか。

それなのに、私は母の言葉を一瞬たりとも信じようとはしませんでした。

なぜ？

母の言うことには、何でも逆らう。反発をしてしまう癖がついてしまっていたからではないでしょうか？

「とにかくはやく退院できればいいな」

夫が言います。私は短く応じました。

「そうね」

母が死んだのは、次の日の朝でした。

四

母の死から、二ヵ月ほど経ったあと。

台風が過ぎた、その翌日だったと思います。九月半ばなのに、真夏に還ったように暑い日でした。

私はパート先で、いつものように働いていました。午前九時から三時まで、週四回。母が生きていたころと同じように。

午前十一時くらいだったでしょうか。レジに、彼女が来たのです。

「柳沢さんじゃないですか」

明るい声をかけられて、思わず手を止めました。

「このお店で働いていらっしゃったんですか」

はあ、と、私は曖昧に笑ってみせました。彼女が誰だったのか、思い出せなかったのです。

この顔、知っている。けれど、誰？　どこで会った？

内心は疑問符でいっぱいでした。誰だったろう。確かに会っている。それも、つい最近顔を合わせたばかりだ。

やがて、あっと思い当たりました。

病院。母が入院し、死んだ、E病院。そうだ、看護師さんだ。

「その節は、お世話になりました」

ようやくその言葉が出ました。

「今日、お仕事はお休みなんですか？」

あの、いちばん感じのいい、母の妄想話を聞いてくれたひとではありません。ちょっと厭な雰囲気に見えたひとです。

「夜勤明けで、ちょうど帰るところなんです」

小花模様の半袖ブラウスにジーンズ。私服だから見違えてしまったのです。白衣のときよりずっと若く見えました。

まだ三十歳くらいでしょうか。もっと若い？

「ひと晩じゅうお仕事だったんですか。お疲れさまでした。大変ですね」

「慣れました」

彼女はにこにこと答えます。

「お肌は荒れちゃいますけどね」

私は彼女の顔を見ました。荒れてなどいない、つるりとしたきれいなお肌です。夜どおし仕事をしていたとはとても思えません。眼の下には隈もありませんでした。

「昨夜は台風でばたばたしちゃって、ろくに仮眠も取れなかったんです。これから帰って、ゆっくり寝ます」

彼女はお弁当とペットボトル飲料、袋入りのスナック菓子を買っていました。帰ってから料理をする気はないようです。それもそうだろうな。いかに元気に見えても、部屋に帰ったらひたすら休みたいに決まっている。

結婚はしているのだろうか。子供はいるのだろうか。いや、いたらお弁当にお菓子はあるまい。子供が幼いあいだは、夜勤は難しいだろうな。

訊いてみたい気もしましたが、こんな場所で、そんな立ち入った質問をするわけにはいきませんでした。死んだ母や梅田さんあたりなら、こうした質問をずけずけとするのはお手のものでしょうけれど。

あんた、彼氏はいるの？　結婚はまだ？

「ありがとうございます」

商品をすべて計上し終えたところで、私は頭を下げました。

「母のこと、本当にお世話をおかけしました。わがままばかり申し上げて、手がかかったでしょう」

「いいえ」

彼女はくっと咽喉を鳴らしてみせました。

「柳沢さんは、とても可愛かったですよ」

私は耳を疑いました。

可愛かった？

「失礼します」

彼女はかごを抱えて、レジの前から去っていきました。

私は、彼女があんな風に笑うような、おかしなことを言っただろうか？

可愛かった、って？


あの日。

電話を受けたのは、午前七時少し前でした。

柳沢さんが亡くなられました。

言われても、すぐには意味が理解できませんでした。

死んだ？

受け入れるのに、しばらく時間がかかりました。

入院は、わずかの期間でいいと、お医者さんは言っていたはずです。少し良くなれば、通院に切り替えると。死ぬほど状態が悪いなんて、言いはしなかった。

母の心臓が思いのほか弱っていたのだ、とお医者さんは言いました。私はなにも言えず、下を向いているしかありませんでした。

母の死に顔は、なにか苦いものを飲み込んだように、頬から顎にかけて、不自然にこわばっていました。

眠っているような死に顔、という言い方をよく聞きますけれど、母の場合はそうじゃありませんでした。

母は、間違いなく、死んでいました。

その顔を見た途端、私ははっきりと母の死を理解したのです。

苦しかったのかな、おかあさん。怖かったのかな。

「残念です。お悔やみ申し上げます」

お医者さんの声が遠く聞こえました。


――柳沢さんは、とても可愛かったですよ。


おかあさんは、病死じゃなかったのかもしれない。

そう考えるようになったのは、彼女と再会した、あのときからです。

看護師さんが怖い。
夜中にね、あたしの顔をじっと見下ろして、呼吸を窺っているんだ。
あれは、仕事で見ているんじゃない。まがまがしい気持ちなんだ。
殺される前に、はやくここから出して。出してよ。

おかあさんは、あれだけ言っていたのに、私はなにもしなかった。
胸がきりきりと痛みます。

彼女の名前も、私は知らないままです。
E病院の看護師さん。それだけ。
あれ以来、彼女は一度も、私のレジに来ることはありません。

第二章　梅田登季子

一

　あなた、E病院の話が訊きたいんですって？

　はい、啓太郎から、息子から聞いていますよ。週刊誌のお仕事をしているんですってね。あの子とは、高校のころの同級生だとか。

　あたしは、現在はもう、あの病院へは通院していないのよ。それは啓太郎に聞いています？

　ええ、確かに以前はE病院に入院して治療を受けていたんだけれどね。退院してから、愛想のないじいさん医者と、もっと愛想のないおばさん看護師が三人いる小さな診療所に替えたの。入口脇の壁にガラスブロックが使ってある、いかにも昭和っぽい古い建物で、床は大理石風タイル。待合室の椅子は黒いビニールレザー張りで、あちこち破れて黄色い中綿がはみ出しちゃっている。患者はやたら声のでかいじいさんと動きがのろいばあさんばかり。十年後には患者も医者もまとめていなくなっちゃいそう。つまりまあ、そんな感じの町医者よ。

病院を替えた理由？　そうねえ、この家から近いし、待ち時間も短い。また病気をこじらせて入院するような破目にでもなれば、E病院みたいな規模の病院へかかることになるんだろうけど、今のところはひとまず落ち着いているから、薬さえ出してもらえばいいのでね。調剤薬局の薬剤師さんは愛想のいい可愛い娘さんだし。

E病院に不満があったのかって？　まあね。どう言えばいいのかしら。説明が長くなっちゃうわよ。

え、長くなってもいい？　その話が聞きたいの？

あたしの病気は、間質性肺炎って言うの。

しきりに咳が出る。信号が赤になりかけたからって、ちょっと走ったりしたら、ひどく息切れがする。夏風邪が長引いているのかな、と思ってE病院へ行ったら、入院することになった。そして診断されたわけ。慢性の間質性肺炎ですってね。

原因は不明らしいけど、喫煙が症状を悪化させるのは間違いないらしいの。で、入院以来、煙草はすっぱりやめました。やめないわけにはいかなかった。若いころからずっと煙草好きで、一日にひと箱は空にしていたものなんだけれどね。

「ちょうどいい機会だったんじゃないか」

と、啓太郎には言われた。

「今日び、煙草を吸える場所自体、どんどんなくなってきているんだ。喫煙は害悪。煙は公害。みんなそう考えるようになっている。煙草なんて時代遅れだよ」

そういえば、ＴＶでも煙草の広告を見かけなくなった気がするわね。ちょっと昔は、必ず流れていたものじゃない。だいたいどこかわからない外国が舞台で、外国人の俳優が出て来て、格好つけて悪人を倒して、美女がにっこり寄り添って、みたいな。誰になにを訴えているのだかまったくわからない広告。あんなＣＭが流れていたころは、喫煙が悪とされる世の中になるなんて想像もしなかった。

だけど、正直なところ、どこかの「みんな」がどう思おうが、あたしは煙草をやめたくなかったね。

時代遅れでけっこう。誰に憚ることもない。あたしは立派な年代物。そろそろ七十歳に手が届こうかというばあさんなんだからね。

「ひと箱の値段だって、どんどんどんどん高価くなっているだろう。もったいないよ」

大きなお世話だよ。あたしの金だ。

言い返したいのはやまやま。でも、こんな病気にかかってしまってはね。仕方がない。

潮時だったとあきらめるしかない。

ごめんなさい。厭な咳でしょう。こんな咳をするようになっちゃったんだから、確かに煙草は害なんだわね。

薬はずっと飲んでいますよ。でも、この病気は完治するってことはないみたい。咳も止まらないし、このごろじゃ家の階段を上るだけで息切れがするんだからね。情けない。

そうそう、E病院の話をしなくちゃ。

E病院を選んだのは、啓太郎に勧められたからなの。あたしは現在通院しているぼろ医院で構わないと思っていたんだけれど、もっとちゃんとした病院で診てもらった方が間違いがない、インターネットで評判も調べたからって主張されてね。で、去年の夏、入院していた。二週間くらいだったかな。あたしがいたのは二人部屋。その二週間のあいだに、同室の患者さん、隣りのベッドのひとが亡くなった。それも、続けて二人もね。

ねえ、けっこう、ぞっとする話じゃない？

亡くなった患者さんは二人ともばあさん。あたしよりちょっと齢上（としうえ）ってところかしらね。最初のひとりはあたしが入った当初から重態だった。癌の末期だったらしいの。一日じゅう寝っぱなしで、口もきかなかった。入院した三日後くらいの真夜中に呼吸が荒くなって、看護師さんやお医者さんがばたばたしてどこかに運んで行って、それきり帰って来なかった。集中治療室で死んじゃったみたい。

お昼ごろ、看護師さんがベッドを片づけて、夕方にはもう次の患者さんが来ていた。

そのひとは、特に重い病気というわけではなかった。入院した直接の理由は熱中症。糖尿病でもあって、透析を受けていたみたい。でも、前のお隣りさんのように弱りきって寝たきりではなかった。入院した次の日からは自分で歩いてトイレへも行っていたし、一階にある売店へも行っていたしね。

亡くなる前日までぴんぴんしていたのよ。それなのに急に容態が悪くなって死んじゃった。

柳沢さん。そう、そのひとのことよ。

柳沢はる子さん。

亡くなったひとのことを悪く言いたくはないけれど、あんまり性格のいいばあさんじゃなかった。

あたしはお喋(しゃべ)り好きな性質(たち)だから、いろいろ話しかけはしたんだけど、柳沢さん相手だとちっとも楽しくない。

「おはようございます。お躰の調子はどうですか」

そんな風に切り出したら最後、愚痴しか返ってこない。

「頭が痛くてたまらない。胸が苦しくて、まるで眠れないんですよ」

そうかなあ、眠れなかったわりにはいびきが聞こえていたけどなあ。

「あたしがご迷惑をかけているせいかもしれませんね。夜中は咳がひどいでしょう」

言葉を返してはみるけれど、柳沢さんの耳にはほとんど入らないみたい。

「あたしは神経過敏なものでね。床が変わるとよけいに眠れなくなるんです。この病院のベッド、ぎしぎし軋むしマットレスは硬いし、腰が痛くて寝返りも打てやしない。枕も合わないから首も凝って、肩が突っ張って」

その後はずうっとつらい痛い苦しいのお念仏。

「そんなに神経質だと、旅行にも行けませんね」

つまらないから、あたしは話題を楽しい方向に転じようとする。

「旅行なんて、とんでもない」

柳沢さんは大仰にかぶりを振ったものよ。

「ここ何年も、遠くへ出かけたことはありませんよ」

「そうですか」

旅行が大好きなあたしとしては、それ以外に返す言葉がない。柳沢さんはいまいましそうに吐き棄てる。

「どこへ行っても同じです」

違うよ。そりゃ、見よう、楽しもうとする意欲がないだけでしょ。

「どうせ疲れて帰って来るだけ」

なにもせず家でごろごろ寝ころんでいたって疲れるのが人間だよ。疲れることがそんなに厭なら死んじまいな。

まさか本音を投げ返すわけにもいかないから、あたしは口を閉じたまま。こういう人間とこれ以上この話をしても無駄だとあきらめるしかなかった。

「子供たちも誘ってはくれませんしね」

柳沢さんはうらめしげにつけ加えた。ひょっとしたら、柳沢さんの不満はその点にあったのかもしれない。でも、あたしにはそういう部分も理解できなかった。

あたしだって、啓太郎と旅行になんか行きませんよ。あの子はきれいな景色にも歴史的建造物にも関心がないもの。お寺や神社をめぐったって

「へえ」

でおしまいでしょうし、温泉に行ったってお湯に五分浸かっただけで出て来ちゃうでしょうね。みやげ屋も覗かないに決まっている。ふだん啓太郎が買い込むものといったら昔のロボットアニメのプラモデル。そう、いまだにそっち方面のマニアなの。しかも、なにをあげれば相手が喜ぶかなんて考えて買い物をする性質じゃない。中学校の修学旅行で京都に行って、あたしに買ってきたおみやげはプラスティック製のぬんちゃくでしたよ。

「かあさんの護身用だよ。女だって戦うべきだ」

とか、わけのわからないことを言っていたけどね。けっきょくはあの子自身がふりまわして遊んでいただけだった。おまえが欲しかっただけじゃないか。

笑っちゃうでしょう？　あの子、お友だちの前でもそんな感じだったでしょう？

つまりは、あの子とは趣味が合わない。よく見かけるじゃない、旅行先で奥さんの後ろをついてまわってぽかんとしている男。日曜日のスーパーマーケットやドラッグストアにもいるわよね。カートを押すしか役に立たない、通路ふさぎの邪魔な亭主族。ああなるのが関の山だもの。だから京都も北海道も、道後温泉も銀山温泉も、ハワイや香港にだって、半世紀ものつき合いになる女友だち同士で行った。若いころとまるで変わらない馬鹿話をして、自分用の可愛いおみやげを買って、おいしいものを食べた。

子供なんか、関係ないじゃない。

そうそう、柳沢さんは、子供や家族の話も退屈だった。

「うちの息子は、S大学を卒業したんです。今では自動車会社のGに勤めています。本社勤務で部長なんです」

ご立派ですねえ、としか言いようがない。

「孫娘は、K女子大学に通っているんです」

女子大ですか。男の子はいないんですね。

つまらないから、あたしの反応もつまらなくなる。すると、柳沢さんはいささかご不満げに補足する。

「名古屋では有名な学校なんですよ」

それはそれはよかったですねえ。それ以外になにを言えと？

学歴職場自慢以上に話がふくらまない。息子や孫がどういう行動をしたとか、どんなことを言ったとか、そういう発展はない。おもしろい挿話がまるでないわけ。むろん、おたくはどうですか、と訊かれたりはしなかった。あたしの周囲のことなんて、柳沢さんには興味がなかったんでしょう。訊いてくれればうちの啓太郎のくだらなくて楽しい話をたくさんしてあげたんだけどね。

それでも、柳沢さんは恵まれていたんじゃないかしらね。毎日毎日、娘さんが見舞いに来ていたもの。

娘さん、四十代の後半くらいかな。仕事の帰りに病院へ来ていたらしいの。やはり年齢をとってから頼りになるのは娘なのかと考えさせられたわね。啓太郎なんか、あたしの入院中、ほとんど顔を出そうとしなかったもの。入院した日にも退院した日にも荷物を持たせはしたけどね。

けど、柳沢さん、娘さんを褒めても、嬉しそうな顔をしないの。

「昔からあの子にはやさしさが足りないんですよ」

なんて言う。

「近くに住んでいるというのに、娘はあたしをほとんど気にかけてくれやしないんです。今だって、たいして心配しちゃいないんですよ。あたしの言うことだって、まともに聞いてくれない。いつだって眼を三角にして言い返してくる」

柳沢さん母娘(おやこ)の会話を傍(そば)で聞いていても、そんな雰囲気はなくもなかった。でも、あたしは娘さんに同情していた。柳沢さんの言葉に娘さんがいちいち反発するのも無理はない。

「あの子は昔からそういう子だった。自分本位な子でした。おにいちゃんの方には思いやりがありました。いい子だった」

毎日見舞ってくれる娘より、S大学出G社勤務の優秀な息子さんが、柳沢さんのお気に入りらしかった。思いやりのあるいい息子さんのわりには、見舞いには来なかったですけどね。ま、男の子なんてそんなものです。弱っている人間を力づけたり慰めたりするのが上手な男なんて、あたしは見たことがない。やさしいように見えるのはつき合う前だけ。下心があるうちはやさしいふりするの。

そんな男ばかりじゃない？　そう思う？

信じたいけど、あたしの前には現れなかった。この年齢になるまで、六十年以上もね。

二

あたしは、ずいぶん苦労して、啓太郎を育てた。

啓太郎の父親だった男とは、あの子が三歳のときに別れていた。養育費？　そんなものを出してくれるような甲斐性のある男なら別れたりはしませんよ。問題は、だいたい男の正体がわかるのは、どっぷり深間になったあとだってこと。あたしの場合は結婚をして、子供を産んでからわかっちゃったわけ。

啓太郎をおんぶして、親子三人で暮らしていたアパートを飛び出して、実家に戻った。ええ、今いるこの家にね。そのころはまだまだ元気だった母親には、いろいろ文句を言われた。反対を押しきって結婚した娘が逃げ帰って来たんだから、言いたいことは山ほどあったんでしょう。気持ちはわかるけど、おとなしく耳を傾けていたのは三日くらいだった。うちの母親だって結婚に成功したとは言えなかったんだもの。あたしの死んだ父親は大工だったんだけど、飲む打つ買うが大好きな昔風のろくでなし。仕事の腕は悪くなくて、稼ぐことは稼いで、工務店の社長になって、飲んで打って買ったわけ。母親は父親の二番目の奥さんでね。父親は家とひとり娘のあたしを置いて、三番目の奥さんのところへ行っちゃった。母娘ともに男運がなかったわけね。でもまあ、ぶつぶつ言いながらも啓太郎を見てもらえたことは助かった。お蔭で昼も夜も働くことができたからね。

啓太郎が小学校五年生のとき、どうにか自分の店を持つことができた。喫茶店よ。と言ってもいちばんの売りはランチで、ほかの時間帯もコーヒーや紅茶より食事メニューの方がよく出る、食堂みたいな店。商店街から一本外れた裏道にあったのだけれど、そこそこ流行ってくれてね。常連さんも多かった。あたしの体調がよくないせいもあって、二年前に閉めちゃった。でも、いくらかは貯えも残ったしね。まあ、商売としては成功したと言えるんじゃないの。

啓太郎も、本人が行きたいと言う学校に行かせることができた。

あの子は、勉強ができる優等生じゃなかったし、運動神経もいいわけじゃない。親の欲目で見て、普通。ってことは、だいぶ駄目な子なんでしょうね。結果、お金がかかる二流の私立、でもまあ、いちおう大学って名前のつく学校は卒業させた。四年制のはずが、なぜか六年もかかったけどね。

高校のころの啓太郎を知っているなら、わかるでしょう、あの子がどんな風だったかは。

片親だからって、よけいな苦労をさせたくない。引け目を感じることなく、のびのび自由に育ってほしい。

そう思ったのが、かえっていけなかったのかねえ。

啓太郎が高校二年生のとき、急に言い出したの。

「アルバイトがしたい」

嬉しいようでもあり、戸惑いもあり、あたしとしては複雑な心境だった。毎日、子供じみたTVアニメにばかり夢中になって、食器洗いや洗濯物の取り込みすら手伝わない子なのに、仕事なんかできるのかなってね。いや、あたしはね、家事や手伝いをさせたかった。だけど、やるように言っても、あたしの母親、つまりあの子のおばあちゃんがいちいち邪魔をするの。何でも横から手を出してやってあげちゃう。うちの母親、男の子は家事をしなくていいって古い考えの女だった。そのことで何回も何十回も喧嘩をしたものよ。でも、けっきょくあたしが働いているあいだ、家にいるおばあちゃんがあの子の面倒をぜんぶみちゃう。どうしたものかと頭を痛めていたわけよ。

「一時間に数百円のお金を稼ぐよりは、学生らしい生活を楽しんだらどう？」

不安の方がいくぶん大きかったから、あたしはひとまず反対する素振りをしてみせた。そうしたら、啓太郎はこう続けた。

「小遣いくらいは自分で稼いで、かあさんに少しでも楽をさせたい」

泣けることを言うじゃない。啓太郎が中学校三年生のとき、おばあちゃんは亡くなったから、少しはあの子にも自立心が芽生えてきたのかもしれない。

やってみなさいよ、と許すしかなかった。

ところが、あの子は、働きはじめたスーパーマーケットを、一週間でくびになった。

この話は知っていた？　知らなかった？　そうでしょうね。きまりが悪くて、友だちには事情を話せないわよね。

そのとき、あたしが、どうしたのって訊いたら、いかにも無念そうに答えたものよ。

「親切が仇になった」

啓太郎は、レジ係に配属された。お年寄りのお客さんが買った品物を、袋に入れてあげた。たまごのパックとお米十キロ。それがまずかった。

「たまごを底に入れて、その上にお米を置いたら、お客さんが騒ぎ出してさ」

あたしは絶句した。当たり前だよ。

「たまごは上からの圧力には強いんだよ。かあさん、知らないの？」

そうかもしれないが、限度というものがあるでしょう。

「お米は重いだろうから、わざわざ袋に入れてあげたのにさ」

レジでは不安だからということでしょうね。啓太郎は品出し係に移された。そして、そこでもお客さんを怒らせた。

「頭に来たのは、おれの方だよ」

啓太郎は口を尖らせた。

「缶詰めにしても、レトルトのソースにしても、クッキーの箱やポテトチップスの袋にしても、おれが担当した棚は美しかった。商品名はもちろんばっちり前を向いて、品と品のあいだには少しの隙間も歪みもなく、ラベルや袋の色のグラデーションも計算して並べていたんだ。ところが客のやつらと来たら、おれがせっかく棚を美しく仕上げようとしているのに、無遠慮にやって来ては手を出してがちゃがちゃと商品を出したりまた戻したりして、おれの棚を乱しやがった」

啓太郎は聞こえよがしな舌打ちをし、ふざけるなよと悪態をついた。当然、悪いことなどなにもしていないお客さんは困惑し、店長に苦情を入れ、啓太郎は辞めさせられたという次第。

「よかれと思ったことが、ぜんぶ裏目に出ちゃった」

啓太郎は首を傾げながら言っていた。

「運が悪かったんだな」

違う。運じゃない。あたしは頭を抱えたくなった。原因はおまえだよ。のびのび自由に育ち過ぎた。

アルバイトをはじめた本当の理由も、別に「かあさんに楽をさせたい」からじゃなかった。あとで聞いてあきれ返ったわ。

「おれ専用の冷蔵庫が欲しかったんだ。部屋に置きたかった」

冷蔵庫なら台所に大きいのがあるし、今だってあんた用のコーラやコーヒー牛乳やアイスキャンデーがぎっしり詰まっているでしょう。部屋に置く必要なんかないじゃない。

「あるよ。夜中に咽喉が渇いたとき、わざわざ一階に降りて台所まで行くのが厭だ」

厭もなにも、ここがあんたの家なの。広すぎて困るってわけでもない。見てのとおりの木造二階家だよ。そのくらい足を使いなさい。

そう言ったら、啓太郎はにわかに声をひそめた。

「おばあちゃんが死んでから、真夜中は怖いんだ」

高校二年生の息子は、深刻な顔で囁いたものだった。

「階段を下りるのが怖い。出るんだよ」

なにが？

「この家、悪魔が出る」

悪魔。

あたしは天を仰ぎたくなった。しかも、幽霊ならまだしも、悪魔ってどういうことなの。ＴＶアニメの影響かしら。それにしても、高校二年生で、悪魔。

「階段の下に、真っ黒な悪魔が立っていて、おれを見上げている」

あたしの心の嘆きをよそに、啓太郎は歪んだ顔で続けた。

「見たんだ」

幼いころ、啓太郎はよく怖い夢をみて、真夜中に泣き出してあたしを驚かせたものだった。おばけだ、おばけだ。わあわあ騒ぐのを、あやしながらなだめた。夢よ。ただの夢。眼が覚めたから、もう消えた。かあさんがここにいるでしょう。ようやくあまり泣かなくなったな、と思ったころ、今度は小学校の音楽の時間にシューベルトの『魔王』を聴かされちゃってね。おばけだと泣く代わりに魔王だ魔王だとわめくようになった。あれには困らされたわ。なにもいませんよと言えば言うほど『魔王』の状況に似てくるんだもの。かあさんには見えないだけで魔王はいるんだ。おれは連れ去られるんだと引きつけを起こさんばかりに怯(おび)える。あたしはシューベルトを呪いましたよ。どうしてあんな子供泣かせ、かつ親泣かせな曲を作った？

それも中学生になったらさすがになくなったと安心していたのに、実は十七歳になってもぜんぜんおさまっていなかったとはね。

「信じないだろうけど、本当なんだ」

半泣き。泣きたいのはあたしの方だよ。

「台所に行くのが厭なら、トイレに行くのだって怖いでしょう」

「そっちは大丈夫」

啓太郎はなぜか自信ありげに答えた。

「問題ない」

あたしは首を傾げた。トイレは一階の階段下にあるのだから、台所より怖いでしょうに。

「どうしてトイレは平気なのよ」

「怒るから言わない」

「まさか、あんた、ベランダで用を足しちゃったりしているんじゃないでしょうね。植木鉢に引っかけたりしたら許さないよ」

二階のベランダで、あたしはいくつか植木を育てていた。山茶花(さざんか)に沈丁花(じんちょうげ)、くちなしに木瓜(ぼけ)。毎年毎年、季節が来れば花を咲かせ葉を茂らせ、枝を伸ばして徐々に大きく育っている。可愛い植木たちに被害があったらたまらない。

「植木は心配ない」

啓太郎は大きく頷いてみせた。

「じょうろの中にやってるから、安心して」

あたしは悲鳴をあげた。そのじょうろを使って植木に水をあげているんだよ。

「朝になってから中身はトイレに流してるし、じょうろもちゃんとゆすいでる」

言いわけをする啓太郎を、あたしは思いきり張り倒した。

大学を卒業して、ほぼ二十年。

ご存じのとおり、啓太郎は、いまだにこの家で、あたしと一緒に暮らしているんですよ。

もちろん就職はしました。けれど、最初に勤めた大手の印刷会社は、上司と合わないと言って一年で辞めた。それから参考書専門の小さな出版社、地図や旅行案内を編集するプロダクションと、転々。去年、あたしが入院したころは無職だった。半年前、今度は医学書専門の出版社に就職したけれど、いつまで続くことやら。

結婚もしていない。休みの日は部屋にいることが多いの。プラモデルをちまちま拵えたりロボットアニメを観たりしているようね。友だちも少ない。あなたのことも、あたしは今まで知らなかったんですよ。このあいだひさしぶりに会ってお酒を飲んだんですってね。まあ、学生のころは仲が良くても、だんだん疎遠になる場合もあるものね。あたしが知っているのは田村くん。知っている？　そうよね、当時から趣味が合ったみたいで、仲が良かったわよね。田村くんとはいまだにつるんでどこかへ出かけたり、たまにはお泊まりで遠出をしたりもしている。ええ、田村くんもひとり身らしいですからね。あら、あなたはあんまり田村くんとは親しくないの？

あたしはこれまで、あの子の恋人に会ったことがない。あたしの見たところ、啓太郎は女をほとんど知らないんじゃないかと思う。これぱかりは親が何とかしてやるわけにはいかないけどね。

啓太郎と会話？　あんまりしませんね。あたしは一方的に喋るけど、啓太郎はうんうん聞いているだけ。

「またアメリカで銃撃事件が起こったわね」

「うん」

「銃なんか持っているからいけないのよ。カッとなったらすぐ無差別に他人を撃つ」

「うん」

「犯人は五十代の独身男だって。あんた、どう思う？」

「うん」

「家で家族を撃ってから、街へ飛び出して銃を乱射したらしいわよ」

「うん」

「あんたが銃を持っていたらと思うと、ぞっとするね」

「そう？」

「あたしが真っ先に撃たれそう」

「そんなことはしないよ」

啓太郎は真顔で応じたものよ。

「かあさんがいなかったら困る。毎日毎日、めしを作るのは面倒だ」

似たような落ちの落語があったなあ。けど、あれは夫婦の噺（はなし）だったし、現実が落語そっくりというのはちょっと、いや、かなり困ったものだわね。

それに、さすがに今では啓太郎も悪魔を信じなくなったかと思っていたら、そうでもなかったし。

そう、E病院で、それがわかったわけよ。

三

あたしは、柳沢さんと世間話がしたかった。柳沢さんの愚痴をただ拝聴するんじゃなくてね。

で、入院中は、啓太郎に話すのと同じように、いろいろ話を振ってみたわけよ。

「またアメリカで銃撃事件が起こったんですね」

とね。

「銃なんか持っているからいけないのよ。頭に来た、気に入らない、いらいらする。それだけで見ず知らずの他人に銃を向けて引き金を引く。そういう精神状態に関して言えば、日本だって同じですよ。他人ごとじゃありませんよ。若い子からじいさんばあさんに至るまで、みんないらいらしている気がしませんか」

柳沢さんは、無反応。

「みな、ぶっ殺すだの死にやがれだの、安易に口走るでしょう。そこで止まる、止まれるのは手もとに銃がないから。それだけなのかもしれない。包丁やナイフじゃ、体力のある相手には反撃されるかもしれませんものね」

柳沢さんは眉を寄せる。

「でも、アメリカには銃がある。離れた場所からでも他人を倒せる。で、思いを行動に移してしまう」

柳沢さんは、ううう、と低くうめいた。

「どうしたんですか」

あたしとしては演説を中断して訊ねざるを得ない。柳沢さんはか細い声で答えた。

「頭が痛いんです」

「看護師さんを呼びましょうか」

「いいえ、これくらいの痛みには慣れています」

だったらそんな大仰に唸らなくてもいいじゃないか。

「家にいても、しょっちゅう頭痛がしていたんでね。いつ倒れるか。倒れたらそのまま死ぬんじゃないかって、いつも考えていたんだもの」

「あらまあ」

世間話は終わり。そのあとは、柳沢さんの痛いつらい苦しいを延々と聞かされることになる。柳沢さん、本当に頭が痛かったのかな。あたしを黙らせたかっただけじゃなかったのかな。おそらくは後者でしょう。

柳沢さんは、よくＴＶを観ていた。けれど、画面を眺めてはいても、番組の内容についてはほとんど興味がなかったのかもしれない。記録的な猛暑。台風被害。河川の氾濫。連続放火事件。銃の乱射事件。あたしや柳沢さんが入院していた短いあいだにも、世の中ではさまざまなことが起こっていた。恐ろしい光景、いたましい事実が、ＴＶの画面に映し出された。

それらに対して、柳沢さんは、ほとんど心を動かされてはいなかった。眼は開いていても、見ない。耳は聞こえていても、聴かない。

柳沢さんにとって、関心があったのは、自分自身のこと。

自分の中にどろどろと渦巻く不満と怨嗟（えんさ）。それだけだったのかもしれない。

そんな柳沢さんと、唯一、話が弾んだのは、Ｅ病院への不満だった。

「ここの看護師さんは不人情ですよ」

柳沢さんはよくこぼしていた。

「なにを言ってもはいはい聞き流すばっかり」

柳沢さん、眠れないんですと看護師さんに訴えて、昼間に寝過ぎているからですよ、と切り返されたりしていた。実際、昼寝中、何度か看護師さんに起こされてもいた。

　こんな時間に寝ると、夜になってまた困りますよ。

「眠いときは、眠りたいじゃないの」柳沢さんはぷりぷり怒っていた。「眠れなかったら、そこを何とかしてほしいわ。お医者さんなんだもの」

　でもね、あれは柳沢さんもわがままだった気がする。E病院にだって、親切な看護師さんはいたのよ。名前は忘れちゃったけど、いつも穏やかで感じのいい女の子。何歳くらいかな。二十代の後半か、三十歳になってはいないように見えたけどね。ま、どっちにしろ、あたしから見たら女の子よ。

　夜がつらいから、今の時間は起きていましょう。そう言ったのは、親切な子でね。意地悪なのは別の子の方。そう、柳沢さんの訴えを、昼寝のし過ぎ、で一蹴した女。正論だし、柳沢さんの痛いつらい苦しいにうんざりさせられるのは確かなんだけど、言い方がよくないでしょう。患者としては、看護師さんなのにその対応かと思っちゃうじゃない。その女、親切な看護師さんと年齢はあまり変わらなさそうだったけど、態度が悪いぶんばばあに見えた。

　看護師さんのことよりなにより、柳沢さんをうんざりさせたのは、食事だった。糖尿病用の病人食だったから、いっそう味気なかったみたい。

「この病院のお食事、本当においしくないわ」

大根のおかゆとか、薄そうな味噌汁ちょびっと。くたくたのほうれんそうのおひたし。お昼はにんじんのおかゆ。冷めた茶碗蒸し。傍で見ていても非常においしくなさそうだった。

あれでなきゃ、血糖値が下がらないんでしょうけど、それにしてもね。

「病気のせいですかね。ただでさえ、なにを食べてもおいしいと思えなくなっているのに」

それは、あたしも思い当たる。一日じゅう病院にいると、食欲がなくなるのは確かなのよ。あたしは咳もひどかったし、胸のあたりもすっきりしなくてね。食事どきが来ても、お腹が空かなくて困っていた。柳沢さんはそのうえ、おいしくないときているんだもの。

入院して三日もすると、柳沢さんは食事に手をつけなくなった。

「食欲がないの。食べられないのよ」

なんて、看護師さんたちに向かっては哀れっぽい声を出していた。けど、実際は違うのよ。

柳沢さん、間食をしていたの。

ベッドまわりのカーテンを閉めきって、一階の売店で買ったらしいおせんべいをかじる。何のことはない、食欲はしっかりあったわけよ。いくらカーテンを閉めたって、かじる音もするし醤油(しょうゆ)の匂いもぷんぷんするし、隣りにいるあたしにはばれなんだけどね。夜中でもぼりぼりやっていて、参ったわよ。とんだ迷惑。うるさいから夜は食べないでくれって言いたかったけど、そこはお隣りさんだしね。なるべく角は立てたくない。だから婉曲(えんきょく)に抗議行動をしたわけ。ぼりぼりやられたときはわざと派手な咳をしてやった。

ぼりぼり。げほげほげほ。ぼりぼりぼりぼり。げほげほげほげほ。

やかましい病室だったと思うわよ、まったく。

おせんべい、柳沢さんの躰によくなかったのかしらねえ。まさか死んじゃうなんて思わなかった。

あたし、おせんべいのこと、看護師さんには言わなかったのよ。こうなってしまうと、言った方がよかったかなあ、と悔やむけどね。そのときは、告げ口するみたいで厭だったの。それに、食事をあまりとらないのに、柳沢さんの頬はふっくらしていたし、顔色もつやつやしていたんだもの。間食していることくらい、彼女たちだって医者だって薄々わかっていたんじゃないの?

けれどね、もしそのことがはっきりわかっていたとしても、彼女たちは柳沢さんにうるさく注意をしなかったかもしれない。いけませんよ、と口先で言って、それでおしまい。あとは患者の自己責任だと割り切ってしまうんじゃないかな。Ｅ病院の看護師さんたちは、基本的にはそんなに親身じゃないのよ。

でも、あの子だけはね。親切な子。柳沢さんのこと、あの子には伝えるべきだったな。入院したてのころ、あたしは本当に咳がひどくてね。咳のしすぎで胸も痛むし、呼吸するのも苦しかった。夜だって、うとうとしたかと思うと、すぐに咳き込んで眼が覚める。そのうえ、あたしが寝ていたベッドには冷房の風がじかに吹きつけてきていて、ひどく寒かった。ベッドから起き上がって、エアコンの口の向きを変えようとしたんだけど、リモコンのボタンのどこを押しても機械は冷たい風をごうごう吹き出してくるばかり。電源を切ろうとしても、切れないの。リモコンが壊れているとしか思えない。お手上げだった。それで、あたしはナースコールを鳴らした。

どうなったと思う？

看護師さんは、誰も来なかった。あたしは持ち込んだタオルや上着を羽織るだけ羽織って、凍えながらその夜を過ごすしかなかったっていうわけ。

明け方、看護師さんが見まわりに来た。それがね、さっき話した、態度のよくない女だったんだけど、そのときはそんなこと知らないものね。とにかく、あたしはようやく事態を訴えることができた。それも、頭ごなしに文句をつけるんじゃない。あくまでもやんわりと言ったつもり。自分も長いこと客商売をしていたせいか、いかに言いぶんがあろうと、偉そうにがみがみ苦情を言う人間って嫌いなのでね。

「ああ、このエアコン、駄目なんですよねえ」

彼女は椅子に乗って、じかにエアコンを操作して風向きを調節してくれた。それからあたしの顔を見て、投げ出すようにこう言った。

「これでいいんですか？」

彼女の顔や態度から、彼女の思いがにじみ出ていた。うるさいばあさんだな。こっちは暇じゃないんだ。こんなことくらい自分でやれよ。

ごもっともだと思う。けどね、この病室のエアコンの調子なんて、入院してきたばかりの患者にわかるはずがないとも思わない？

「このリモコンは使えないの？」

あたしは穏やかに訊いてみた。

「壊れているみたいなんです」

まるで他人ごとみたいに、彼女は返した。

「電源を入れたり切ったりはできるんですけど、向きとか強さの調節はだいぶ前からできないんです」

「さっきは消すこともできなかったわよ」

「そうですか」

あたしもさすがに腹が立ってきた。そうですか、じゃないだろう。

「でも、今みたいにすれば大丈夫です」

大丈夫じゃないよ。修理してよ。

「涼しくはなりますから、これで辛抱してくださいね」

淡々と言って、彼女は病室を出ていった。まったく、取りつく島もない感じ。朝になるのを待って、あたしは啓太郎に電話した。

「本当に評判がいいの、この病院？」

思わず訊いちゃったの。壊れたエアコン、応答のないナースコール、看護師さんのあの態度。立て続けに食らっちゃうとね、訊かずにはいられなかった。

「実は違うんだ」

あきれたことに、啓太郎はあっさり答えた。

「評判がいいのはE病院じゃなく、M病院ってところだった」

あたしは絶句した。

「かあさんが入院したあとでちゃんと調べてみたら、E病院は患者への対応はあまりよくないみたいだね」

よくないみたいって、あんた。

「あたしが入院するときも、しっかり調べたと言っていなかった？」

「ごめん。あれはさ、おれじゃなくて田村が調べてくれたんだよね」

啓太郎はさすがにいくぶん気まずそうだった。

「田村はM病院がおすすめだって教えてくれたんだけど、おれがうっかり聞き間違えたらしい」

この馬鹿息子、聞き間違えたで済む話か。

「田村によると、E病院はやばいからよせってちゃんと言ったそうだよ」

「誰に」

「おれに」

電話口でなければ、あたしは啓太郎の額をノックして聞いてやりたかったわよ。もしもし、中身は入ってますか、ってね。でも、その思いをどうにかこらえて、訊ねた。

「やばいって、どういうことよ」

「インターネット上の噂だけどね。そいつに当たると入院患者がよく死ぬという、悪魔の看護師がいるんだって」

悪魔。あたしは思わず頭を振った。四十いくつにもなって、シューベルトがまだ抜けていないのか、おまえは。

「おれ、とんでもないところにかあさんを連れていっちゃったんだな」

「親孝行だこと」

あたしは低い声でうめくしかなかった。

「困るよね、かあさん」

当たり前だ。

「どうする？」

「知るか」

あたしは荒っぽく電話を切ってやった。

こうなったら、とっととよくなってここを出るしかない。


そのときは、転院することまでは考えなかった。

患者と医者、看護師。人間対人間だから、うまく意思の疎通ができないこともある。それはわかっていた。あたしも店で若い子たちをさんざん使ってきたし、自分にだって若い時代があったもの。

若いころ、あたしはおじさんもおばさんも苦手だった。仕事ができなくても、年齢が上だってだけで態度が大きいし、ぞんざいな口を利くし、知らないことを知っているふりばかりするしね。

あのころ、あたしは心に誓ったものよ。年齢をとっても、ああいうばばあにだけはなるまい。

それが、いざこっちが年寄りになってみたら、かえってでかい態度を取られ、失礼な口を利かれたりする破目になっている。

人生って、ままならないものね。


E病院で会った看護師さんたち、特にあのエアコン女は、あたしたちみたいな年寄りが苦手だったのかもしれない。嫌いじゃないまでも、見下したところがあったのは確かね。だからかな、気を遣って話しかけてくれても、かえってそれがこちらの癇に障ったりもする。


あるとき、まだ柳沢さんが入院する前だったかな、ベッドの上で音楽を聴いていたの。むろん、イヤホーンをつけて外には音が漏れないようにしていた。あたし、小学生のころポール・アンカにのぼせて以来の音楽好きなのよ。高校生の時分はビートルズに夢中だった。彼らが来日して武道館でコンサートをしたとき、チケットを取れなくて血の涙を流した乙女のひとりなのよ。主演映画も映画館に通いつめて繰り返し観たし、お小遣いを費やして集めたレコードはいまだにうちに揃っている。ジョン・レノンの大ファンでね。彼がオノ・ヨーコとつき合ったときは真剣に考えたものよ。

なぜ、あたしじゃなくあの女なんだ？

ビートルズのコピーバンドのコンサートにも行っていた。それで別れた亭主と知り合ってしまった。そう、あの男も音楽好きで、バンドを組んでいて、ギターが上手に弾けた。そして、あたしはおめおめと引っかかった。こういう流れ、昔も今も変わらないでしょう。若い子が知らないだけで、歴史は繰り返されるものなのよ。

で、懐かしのジョンを聴いていた。大昔は焦げるほどの嫉妬が先に立って聴けなかった、プラスティック・オノ・バンド時代のジョンの曲をね。そうしたら看護師、例のエアコン女が来て、あたしにやさしく話しかけた。

「なにを聴いているんですか」

一瞬、返事に迷った。この子は啓太郎よりも若い。プラスティック・オノ・バンドって言ってもわからないだろうな。ジョン・レノンはさすがに知っているだろうけど、さて、どう言おうかな。

「演歌ですか？」

彼女は薄く笑っていた。

「それとも民謡？」

あたしは返事をする気が失せた。年寄りはそういう音楽しか聴かないと決めつけているわけ。おそらく悪気はないんだろうけど、舐めてかかってはいる。

「そう、懐メロ」

それだけ言って、下を向いた。

人間対人間、意思の疎通は簡単じゃない。本当に、人生はままならない。

柳沢さんが亡くなった朝。

あまりに突然だったから、あたしはいささか動揺していた。それで、啓太郎に電話をしてしまった。

なにを喋ったかは覚えていない。でも、冷静じゃなかったのは間違いないみたい。その日の午後、啓太郎が慌てて見舞いに来たくらいだもの。

「かあさん、転院しなよ」

あたしの顔を見るなり、切り出した。

「お隣りの方、亡くなったんだろう?」

あたしの不安が啓太郎に伝染(うつ)ってくれたせいか、あたし自身はその時点でだいぶ落ち着きを取り戻していた。

「このあいだもちょっと話したけどさ、インターネットで、E病院に関する妙な書き込みがあるんだ。ある看護師の夜勤のあとでは、患者が急に死ぬ。そういう話なんだよ」

「まさか」

あたしは笑おうとした。いくら何でも、そんな都市伝説めいた話は信じられない。笑い話だ。だからこそ、柳沢さんの娘さんにだって、その話をしてしまったことがあったのだもの。もちろん冗談として、だ。

けど、その瞬間、ふっと頭をよぎったの。

前に亡くなったばあさんのときと、今回の柳沢さん。

夜勤の看護師さんは、誰だった？　同じひとじゃない？

「本当は、かあさんが入院した日に、この病院はよくないんじゃないかと思ったんだ」

啓太郎の眼つきは深刻そのものだった。

「ナースステーションに行って、挨拶をしようとしたんだよ。近くまで行ったら、声が聞こえた。誰かが誰かを叱りつけている様子だった」

なにをやっているんだよ。馬鹿野郎。気持ち悪いんだよ。

「いや、叱るというより、罵りだったな」

おまえなんか人間以下の豚だ。死ねよ。死んじまえよ。おまえが死ねば世の中はましになる。消えろ。

「なにがあったかは知らないけど、悪いところへ来ちゃったな、と思った。その場を動けなくなっていたら、ようやっと声がしなくなって、ナースステーションから看護師さんがひとり出て来た」

その後、啓太郎はナースステーションをこわごわ覗いてみた。そうしたら、そこには誰もいなかった。

「ひとり言だったんだ」

啓太郎は囁くように言った。

「出て来た看護師さんの顔、悪魔みたいだったよ」

「悪魔って」

また言うか。あんたはいったい何歳なのよ。

笑い飛ばしたかった。けどね、できなかった。啓太郎の話を聞きながら、あたしの背筋も冷たくなってきていたから。

その日、夜勤だった看護師さん？

例のエアコン女もいたわ。それは覚えている。

彼女、名前は何だったかな。あたし、彼女たちの顔はわかるけど、名前は覚えていないの。昔は覚えるのが得意だったんだけど、情けない。このへんの記憶の衰えが、ばあさんになった証拠だわね。

真中さん？

そうね、そんなような名前だったかも。まったく自信はないけど。

第三章　菊村美知

一

　真中さんの話？

　ああ、週刊誌の記者の方なんですか。去年の夏、この病院で立て続けに患者さんが亡くなった事件について調べている？

　でも、病院で患者さんが亡くなるのは珍しいことじゃないですよ。そんな返事じゃいけませんか。

　真中さんについて聞きたい？

　へええ、彼女が疑われているんだ。やっぱりね。

　困ったな。話していいのかな。そりゃあね、警察のひとが来て、いろいろ訊かれはしましたよ。けどね、おわかりでしょう？　私たちは口止めされているんですよ。滅多なことは外部に漏らすなって言われている。

それに、私は彼女とは親しくなかったんです。親しいどころか、かなり苦手でした。正直に言ってしまうと、彼女のことが嫌いだったんです。用事がない限りは、なるべく口を利かないようにしていたくらい。どうしても話さなくてはならないときだって、ぜったいに視線は合わせませんでした。もっとも、それは向こうも同様だったみたいですけどね。真中さんの方だって、私のことは嫌っていたに決まっています。彼女が辞める直前は、お互いにお互いの存在を無視している感じ。最悪の関係でした。だから、真中さんについては、悪いことしか言えないです。

ええ、そう。今さっき、やっぱりなんてつい口にしちゃったけれど、私、確かに彼女を疑っています。

ぜったいに名前は出さない？　ニュースソースは明かさないのがジャーナリストの鉄則？　事件があったなら、それを広く知らしめるのが正しい行いだと、おっしゃるんですか。

ええ、それはよく理解できます。

そうですよね。私だって、実際のところ、隠しているのはよくないことだという気もしているんです。それに、真中さんを疑っているのは、私だけじゃないんですしね。

ここで話をしても、私が言ったとはわからないようにしてくれますよね。本当に本当ですね？　約束してくださいよ。

気が合わなかった理由、真中さんを疑うに至った事情を話せばいいんですね？


どう言えばいいのか。

とにかく、真中さんは、変わっていました。

真中さんは、私よりちょっと齢下。看護師歴もだけど、E病院での勤務歴でも、後輩ということになります。うちの病棟の看護師は、師長と杉内主任以外はそんなに年齢差がないんですよ。三十代で、ほぼ同世代。そういった意味では話が通じやすいはずなのに、真中さんだけはなにを考えているかわからない。少なくとも、私とはまったく話が合わなかったです。ほかの看護師仲間にしても、同じだったんじゃないかな。彼女、どこかずれているんだもの。

たとえば春、みんなで桜の話をするとします。病院の裏にある公園に大きな桜の木があるんです。そこの花が満開だ、って誰かが言う。

「綺麗だよね」

「お花見に行きたいねえ」

なんて風に、軽い雑談を交わしている。そういうとき、真中さんっていうひとは、自分は梅が好きだと言い出すんです。そして梅に関する蘊蓄を延々と語り出す。場の空気は台無しですよ。誰もそんなことは聞いちゃいないんですからね。どこかとんちんかんなひとなんです。

雑談なら、まだいいんですが、仕事になると本当に迷惑でした。真中さんが相手だと、申し送りがまともにできないんです。

毎朝、私たちは夜勤から昼勤へ申し送りをします。夜勤の看護師が昼勤の看護師に、夜のあいだに起きたこと、自分が担当している患者さんの容態の変化などを口頭で引き継ぐんです。夕方はその逆。真中さんには本当にいらいらさせられました。

「Aさんが真夜中、不穏になって、トイレで歌い出して、わたしが駆けつけたら、わたしのことを自分の母親だと思い込んで、しがみついてきたので、わたしは母親のような声を出して、Aちゃん大丈夫なの、って言ったんです。そうしたらAさんが泣き出してしまって」

こんな具合。申し送りをされる側に必要なのは、Aさんがトイレで不穏になったという情報だけです。それを、だらだらだらだら、どうでもいいことばかり話している。けっきょく、自分がいかにAさんから慕われているかを言いたいだけなんです。ただの看護師のひとりじゃない、Aさんにとって肉親のように特別な存在である。そう勝ち誇りたいに決まっている。見え見えなんですよ。うっとうしいったらありゃしない。

「で？」

真中さんの長話を辛抱強く聞いてあげる仲間もいるんですが、私は遮っちゃいます。

「Aさん、今は落ち着いているの？」

「はい。明け方にはベッドに戻ったんですが、それから」

真中さん、またごちゃごちゃ続けそうになる。つき合っちゃいられませんから、それも潰してやる。

「睡眠剤は出した？」

大事なのはそういうところなんです。真中さんは、そこがすっぽり抜けている場合が多いんですよ。薬の投与とか、食事の量とか、こちらから気をまわしてこまかくしつこく訊かなきゃならない。

要するに、真中さんは、自分の中で話の要点を整理できないんです。患者さんがこう言った、ああ言った。それで自分はこう応じた。ああ言い返した。そんな与太話は自分の胸に収めておけっていうんですよ。

だから、真中さんの担当を引き継ぐのは気が重いんです。苛立つうえ、面倒くさい。こちらとしては最善を尽くして聞き出したつもりでも、漏れている伝達事項がぼろぼろ出てきちゃう。仕方がないから、彼女の携帯電話にかけてみるんですが、まず出ない。ぜったいと言っていいほど、出ませんね。病院からかかってきているのはわかっているはずだし、原因は自分にあるってこともわかっているくせに、出ない。

なにを考えているのか、わからないというのは、そんなところです。普通の神経じゃないですよね。

真中さん、はっきり言って、頭がよくなかったんです。悪いけど、馬鹿なんですよ。あんな脳みそで、よく看護師の資格を取れたものだと思いますよ。先生たちも、重要なことは彼女には伝えなかったんじゃないですか。だって、言っても忘れちゃうから。

そうそう、真中さんって、メモひとつ取ろうとしないんですよ。血圧やら脈拍やら体温やら、記録する字自体は仲間うちの誰よりも綺麗でしたけどね。あと、病棟には当番が書く日誌があるんですが、真中さんが当番のときがいちばん読みやすく丁寧ではありました。でも、内容についてはあまり褒められたものではなかったんです。なにせ、頭の中の整理ができていないわけですから。誰もがどんな汚い字でも書きつけておく、自分のための覚え書きを取らない、取れない人間ですものね。

「ちゃんとメモは取りなよ」

彼女に言ったことがありますけどね、私。

「はい」

真中さん、神妙にそう返事はしました。そして、メモはしない。

「メモを取れって、ついこの前も言ったよね？」

念を押すと、おびえたような眼をして、頷きはします。

「はい」

でも、あくまでメモはしない。頑固なんですよ。頭が悪い人間って、たいがい頑固なものですね。

私の腹が立つ気持ち、わかりません？

ええ、そうです。私は真中さんが嫌いでしたから、できれば話もしたくないのが本音でした。けど、伝えるべきことはきっちり伝えようとしていたんです。真中さんにも困ったもんだ、と蔭で肩をすくめて終わらせる。そうした対処ができない性格なんです。真中さんが理解するしないはさて置いて、言いたいことは言っておかないと気が済まない。それに、そうしないとのちのちみんなが困る破目になるじゃありませんか。

正義感が強い？　そうなのかな。そういうことになるんですかね。

真中さんは、あらゆる仕事において、手際が悪く、要領もよくなかった。点滴詰めはのろい。清拭（せいしき）をさせれば、ほかの看護師の倍は時間がかかる。食事の介助をさせても、患者さんひとりにかかりきりになってしまう。いつだっていらいらさせられました。真中さんがもたつくぶん、しわ寄せはこちらにくるんです。ほかの看護師がよけいに仕事をしなくちゃならない。

腹が立つことに、真中さんのそんなのろい仕事ぶりが、患者さんやご家族には喜ばれたりするんです。

「おばあちゃんが痛くないよう、つらくないようにって、すごく気を配って躰を綺麗にしてくださって、ありがとうございます」

なんて、お礼を言われたりしているんです。真中さんが不器用にのろのろ動いているのが、そのひとだけに一生懸命尽くしているように感じられるみたいですね。

「この次も、真中さんにお願いできませんか」

そんなことを言われたりもする。

「真中さんがいいって、おばあちゃんが言うんです」

そもそも、真中さんがとろくさいから、ほかの看護師たちは少しでも効率よく手早く動かなければならないんです。みんなが必死になって彼女の穴を埋めているというのに、当の本人は患者さんから渾名で呼ばれてへらへらしている。迷惑をかけている真中さんばかりいい顔をして、周囲が割を食うなんて、まったくおかしな話ですよね。

それでも、真中さんがみんなに、すみませんでした、とひと言でも伝えれば、まだ受け流せたと思います。彼女の場合は、それがないんです。四人部屋で、彼女がひとりをもたもた清拭しているあいだ、私がほかの三人の清拭を済ませたとしても、申しわけなさそうなそぶりは微塵もない。平然としているんです。

「真中さん」

私は、言ってやったことがあります。

「あなたの三倍も働いているんだけど、私」

真中さん、何て答えたと思います？

「そうですね」

眼をぱちぱちさせながら、そのひと言ですよ。腹が立つより気が抜けましたよ。どうしようもないな、と思いました。

こいつは鈍すぎる。話にならない。

悪いけど、同じ人類とは思えなかったです。

まだあります。真中さんは、それほど使えない人間のくせに、夜勤や休みの希望を真っ先に入れるんです。真中さん、夜勤が好きだったんです。たぶん、夜勤手当が稼げるからでしょうね。そういう風に考えるのは彼女だけじゃないんですよ。看護師のお給料って、それほど多くはありませんからね。小さい子供でも抱えていたら、そうそう夜には働けないけれど、時間の自由が利くのであれば、少しでも多くお金を稼ぎたい。そう考えるのは自然です。

うちの病棟も、既婚未婚はともかくとして、夜勤を希望する看護師は彼女のほかにもいました。私だって、夜勤は入れたかったんですよ。結婚はしていますけど、子供はいませんしね。

真中さんには、周囲の思惑を推し量るという部分がなかった。そうした配慮がまるでなかったんです。

　つまりは、自分本位な人間なんですよ。

二

　私は、真中さんが嫌いでした。

　ああいう鈍い型（タイプ）の人間って、子供のころから苦手なんです。傍にいると癇に障って、いても立ってもいられない気分にさせられる。

　真中さんを見ていると、思い出すひとがいます。

*

　小学校五年生のころでした。

　ちょっとふとめの体型で、やっぱり真中さんみたいにとろくさい、男子から大カバって呼ばれていた子が同じクラスにいたんです。ひどい渾名でしょう。小学生の男子って容赦ないですよね。大川（おおかわ）って姓だったので、大カバ。そんなにものすごくふとっていたわけじゃないのに、カバ呼ばわり。大川さん、男子から面と向かってそう言われても怒らないんですよ。まわりにいる私たちが「やめなよ」って言い返してあげるんですけど、大川さん自身はなにも言わない。うじうじしている。気が弱かったんでしょうね。男子にいちばんからかわれていたのが大川さんだったから、女子が協力して助けてあげる、という形になっていたんですが、実のところ私は嫌いだったんですよ、大川さん。胆の底では男子に共感していました。やることなすこと、苛つくんです。

まず、運動神経が絶望的。マラソン大会ではぜったい完走できずにわき腹を押さえながら歩いている。走り終わって校庭に整列した学年の全員が、ひたすら大川さんのゴールを待たされる破目になるんです。体育でバスケットボールをするときは、大川さんと同じチームにはならないようにと祈ったものです。うろうろしているだけで役に立ちませんからね。コートの中を走りまわりながら一度もボールに触れないまま終わるんじゃないでしょうか。ドッジボールではその逆で、ボールは大川さんに集中します。男子はみんな大喜びで大川さんを狙いますからね。で、真っ先に血祭に上げられる。

しょっちゅう転ぶし、跳び箱や鉄棒から落ちるし、大川さんは保健室の常連でした。彼女を保健室に連れて行くのは私の役目です。保健委員だったんですよ。当時から看護師になりたい気持ちがあったんです。

勉強はどうだったかな。あんまり優等生だった記憶はないですね。ひとつだけ印象深いのが、教科書を朗読させられるとき。大川さん、ふだんの声も少しトーンが高い感じがあったんですけど、朗読がまた一種独特な節まわし。歌うように読み上げるんですよ。

男子はみんな大笑いする。悪いけど、私だって笑っちゃいました。大川さんは真っ赤な顔して下を向いてしまう。担任の先生は笑わないように注意するんですけど、あんな読み方をされて、笑うなと言うのは無理ですよ。

あとで聞いたんですが、大川さん、親の方針で声楽かなにか習っていたみたいですね。だからあんなおかしな抑揚で声を出していたんでしょう。うちの子は声がいいからオペラ歌手になれるとでも思い込んだんですかね。大川さんの親も罪作りだなあと思います。教室にいても、大川さんはよく具合が悪くなりました。なぜかすぐに鼻血を出すんです。で、また私が彼女を保健室まで連れて行かなきゃならない。ずいぶん迷惑をかけられたものです。

大川さんが最悪なのは遠足のときでした。バスに乗れば必ず酔うくせに、ぎりぎりまで「気持ちが悪い」って言わない。五年生にもなりながら、自分で袋を構えて準備することもできない。いきなりぶわっとやらかす。大惨事ですよ。ここでも保健委員の私が介抱をさせられる。楽しい思い出になるはずが、大川さんひとりのせいで汚らしくなっちゃうんです。

大川さん、給食を食べるのも、やたら遅かったんです。行動がのろいだけじゃなく、ふとっているくせに、食べ物の好き嫌いが多いんですよ。担任の先生、給食はなるべく残さないで食べさせる方針でしたから、大川さんにとっては苦行だったでしょうね。毎日毎日、クラスの全員が食べ終わって食器を片づけ、校庭へ飛び出していったあと、大川さんだけが教室に残って冷えたおかずを口に詰め込んでいるわけです。

私、大川さんがずるをするのを見ちゃったことがあるんです。

あの日の昼休み、どうして教室に戻ったのだったかな。忘れ物があって取りに来たのかな。とにかく教室に帰ったら、大川さんがパンを小さくまるめてポケットに突っ込んでいるところだったんです。食べないで捨てようとしていたんですね。

ずるい。

私は見逃せない性格なんです。ほら、正義感が強いから。それで、大川さんに言いました。

「今、ポケットにパンを入れたよね。食べなきゃ駄目じゃない。出しなさいよ」

そうしたら、大川さん、何て言ったと思います？

「なにも入れていない」

とぼけるんですよ。

「嘘。見たんだから」

「なにを」

「たった今、ポケットに入れたでしょう」

「菊村さんの言っていること、意味がわからない」

むかっ腹が立ちました。いつもいつも、膝をすりむいたのおでこにこぶを作ったのおなかが痛いの、どこかしら具合が悪くなっては保健委員の私に面倒をみさせておきながら、この態度はいったい何なんでしょう。恩知らずが。

ふざけるな、この大カバ。

怒鳴りつけて、大川さんを突き倒し、強引にポケットから証拠品を引っ張り出してやればよかった。今になればそう思うんです。けど、そこまでする気力はさすがになくて、私はひとまず引き下がってしまいました。その後、仲良しの友だち二人に事情を話して、次の日の昼休みに張り込みをすることにしたんです。どうせ同じことを繰り返すに決まっているから、大川さんの悪行をしっかり見届けてやろうとしたんですよ。それから先生に訴えてやればいいですもんね。

どうなったかって？

失敗しました。友だちのひとりが、扉の隙間から教室を覗きながら、くすくす笑い声をあげちゃったんですよ。で、大川さんも、私たちの張り込みに気づいてしまって、ずるをせずきちんと食べたんです。その後も何日か張り込みはしたんですが、大川さんが警戒してしまって、けっきょく尻尾は押さえられずじまいでした。

食べ物を棄てようとしたり、ぬけぬけとしらばくれたり、大川さんの本性が表れていますよ。

私はますます大川さんが厭になりました。それからあとは味方のふりをするのもやめました。

正確に言えば、やめたのではなく、もっと大げさにかばうことにしたんです。男子が大カバとからかうたび、あんたたちひどい、先生に言うよと大声を上げる。そうするとかえって男子は調子に乗るんですすよね。結果、大川さんはますますひどい言葉を投げつけられることになる。

大川さん、何とも言えない顔をして、うつむいていましたよ。

いい気味でした。自業自得です。

＊

真中さんにも、大川さんに通じるものがあるんですよ。

鈍くて気が弱いくせに、どこかふてぶてしく、ずるい感じ。

私は、彼女のそういう部分が、許せなかったんです。

三

盗難事件ですか？

蓮沼さんのネックレスが紛失したのが、はじまりでした。

恋人からプレゼントされたという、プラチナのネックレス。値段まではわからないけれど、有名なブランドの品だし、そこそこ高価なものなんじゃないですか。

確か、寒い時期、冬でした。クリスマスプレゼントだったという話だから、そのあとですよね。年はもう明けていたかもしれません。みんな、分厚いコートを着て出勤して来ていて、狭いロッカールームで押し合い圧し合いしながら身支度をしていたんです。

今日はいいのをつけているね、って、誰かが蓮沼さんに声をかけたんです。誰だったかな。萩野さんだったかも。彼女はそうしたことに敏感なひとだから。

「彼氏からの贈り物?」

って、私も調子を合わせたんです。

「そう。ペアの片割れ。クリスマスにねだって買わせたんですよ」

蓮沼さん、にこにこと答えていました。そのころ、蓮沼さんは恋人とつき合いはじめたばかりだったんじゃなかったかな。彼とのなれそめやらのろけ話やら、何度も何度も聞かされていたものです。

「見せてよ」

萩野さんが腕を伸ばしたので、蓮沼さんはネックレスを外して萩野さんに手渡しました。

「可愛いね」

「私にも見せて」

私も言いました。実のところ、他人のネックレスにそれほど興味があるわけじゃなかったんですが、まあ、あの場のあの流れにおけるお約束みたいなものです。すごいすごいうらやましいと盛り上がってあげるわけですよ。

「本当、綺麗だ」

「私も欲しい」

黄色い声でひとしきりきゃあきゃあ言い合ってから、ネックレスを蓮沼さんに返しました。その後、蓮沼さんはネックレスを自分のハンドバッグの内ポケットに落とし込んで、ロッカーに入れて鍵をかけた、つもりだったというんです。

ところがその日、蓮沼さんが勤務を終えて着替えようとしたら、ロッカーの鍵はかかっていなかったんだそうです。

「かけ忘れたのかもしれません」

蓮沼さんもあとで言っていましたが、うっかりかけ忘れちゃうことは私にもけっこうあるんです。大した貴重品も置いておかないですし、このロッカールームに出入りするのは内科の看護師仲間だけで、それまでは何の事件も起きていなかったんですから。

その日、蓮沼さんのネックレスがバッグの中から消えてしまうまでは。

「でも、わたしのロッカー、もともとロックが甘いんですよ。引手のところを強く叩くと外れちゃうんだもの」

とも、蓮沼さんは言っていました。そのことも以前、蓮沼さんが話していた記憶があります。仲間うちはたいがい知っていたわけです。

「なにか胸騒ぎがして、すぐにバッグの内ポケットを探ったら、案の定、ネックレスがなくなっていたんです」

このことを私たちが知ったのは、しばらく経ってから、一週間ほど過ぎたのちでした。蓮沼さんはネックレスのことを、すぐには周囲に言わなかったんです。

「そもそもは自分の不注意から起きたことですし、あんまり大騒ぎをしたくなかったですからね」

蓮沼さんはそう説明していました。彼女の気持ちもわかります。看護師しか出入りできないロッカールームでものが消えた。誰かが盗んだ。誰が？ 外部の人間が入って来て動きまわればひと目につく。まず疑わしいのは、内部の人間。つまり、私たち仲間のひとり。どう考えてもそういう結論になりますものね。

その蓮沼さんが、ネックレスのことを打ち明けたのは、萩野さんがこう言ったときです。

「ねえ、私の腕時計を見かけなかった？」

萩野さんも、通勤のとき腕にはめている時計は外してロッカーに入れておく習慣なんです。

「夜勤の前、確かに外してしまっておいたと思うんだけれど、朝見たらなくなっているのよ」

「ロッカーに鍵はかけた？」

私が訊くと、萩野さんは首を傾げました。

「かけなかったな。だって、必要ないじゃない」

みな、不用心は不用心だったんですね。

そんな会話をしているときに、横から蓮沼さんが言葉を挟んできたんです。実は自分のネックレスもなくなったんです、と。

「泥棒がいるのかしら」

萩野さんは眉をひそめました。

「厭ですねえ」

蓮沼さんも暗い眼で頷きます。

「他人のものに手を出すなんて、まともじゃない。かなり異常な人間よね」

萩野さんが呟きました。このとき、萩野さんと蓮沼さんがどう考えたかはわかりませんが、私はぴんときたんですよ。

犯人は、真中さんじゃないのか。

真中さんは、ネックレスの話をしたときには、蓮沼さんのすぐ横にいました。萩野さんの腕時計がなくなった朝も、入れ違いで昼勤に入っていたんです。

＊

もちろん、すぐにその疑惑を口にしたりはしませんでした。けれど、その後も、おかしな事件が続いたんです。しかも、次に被害に遭ったのは、私でした。

あれは、二月のはじめごろだったかな。その日、私は昼勤でした。午前中の勤務を終えて、休憩室で食事を摂りました。私、あのときは朝から調子が悪かったんですよね。ある患者さんの点滴が予定の時間どおりに終わらなかったり、ほかの患者さんの注射を別の患者さんのものと間違えかけたり。

「今日はどうしたの」

なんて、萩野さんにもあきれられちゃいました。

「誰かさんが取り憑いちゃったんじゃないの？」

気分は最悪。ミスが重なって立て込んだせいで、かなり遅めの昼食でした。午後二時過ぎ。何気なく窓から外を見たら、空がどんより曇ってきていたので、携帯電話をかけたんです。土曜日か日曜日だったので、うちの旦那は会社が休み。外に出かける予定だとも聞いていなかったから、おそらく家でごろごろしているに違いない。雨か雪になる前に、洗濯物を取り込んでおいてくれるよう伝えようと思ったんです。そうしたら、うちの旦那、電話に出るには出たんですが、どうも様子がおかしい。

「洗濯物？　間に合うかなあ」

ぼそぼそ聞き取りにくい声で、はっきりしない返事をする。

「家にいないの？」

すぐに察しがつきました。後ろがざわついていて、家の中にいる感じじゃないんです。

「今日はなにも用事がないって言っていなかった？」

「うん、まあ、ちょっと出ている」

男のひとって、ああいうとき、どうして咄嗟（とっさ）に理由を作れないんでしょうね。私だったら、急に友だちから連絡があったから昼ごはんを食べに出た、くらいは言いますよ。うまい嘘を考えつかないなら、なぜ電話に出るのか。理解不能です。それとも、ああまで馬鹿正直なのはうちの旦那だけなんでしょうかね。よその男性はもっと言いわけがうまいのかな。

「買い物でもあるの？」

「うん」

　いくぶん声が尖ったのは、行く先の見当がついたからです。

「なにを買うの」

「まさか、競馬じゃないでしょうね」

　旦那は黙りました。当たり。場外馬券場だったんですよ。

「馬券はもう買わないって約束をしたはずでしょう？」

　旦那、博奕（ばくち）が好きなんですよ。そのことでは結婚する前から何度も揉（も）めていました。あの男はあの口で何度誓ったことか。パチンコも競馬も今後いっさいやらない。

「ついこのあいだ、今年の有馬記念が最後だとか言っていなかった？」

　旦那、沈黙。

　抑えろ、抑えろ、ここは休憩室だ。私は自分に言い聞かせました。今、真中さんがペットボトルのお茶を手に入って来たじゃないか。あのひとにこんな会話を聞かれたくない。

「帰るよ」

　ようやく届いた旦那の声に、第十レースの投票時間を締め切ります、というアナウンスの声がかぶさります。

「そろそろ帰る」

「そろそろ？」

「すぐ帰る」

「そうしてちょうだい」

叩きつけるように言うと、旦那の答えを待たずに通話を切りました。真中さんが休憩室に来たからには、私は仕事に戻らなくてはいけない。隣りのテーブルでお茶を飲んでいる真中さんに対しても、怒りがふつふつわいてきました。ここへ来るのが早いんだよ。もう少しのんびり休ませてくれたっていいじゃないか。午前中、私が忙しくしていたのはあんただって知っているでしょう。そりゃ、悪いのはへまをした私自身だけどさ。それに、あんたはなにも助けちゃくれなかった。いつもどおり自分のことしか見ていなかったけどね。

誰かさんが取り憑いちゃったんじゃないの？

萩野さんの言う「誰かさん」は、もちろん真中さんのことを指していたんです。いまいましい。それ以上、同じ部屋に二人だけでいるのは厭でした。私はテーブルの上に電話を置いて、患者さんと共用のトイレに行きました。

戻ってきたら、電話がない。

「あれ？」

その瞬間は、ひたすら疑問符でした。電話はどこに行った？　トイレに持って入ったんだっけ？　まずはそう考えて、トイレにも行ってみました。個室も洗面所も探したけれど、やはりない。

「どこへ置いたの、私？」

誰かに隠されたとか、盗まれたなんて考えは、少しも脳裏に浮かびませんでした。蓮沼さんや萩野さんとは違って、現場はロッカールームではなかったですし、消えたのも電話です。旦那とのやりとりで頭もかっかしていたし、真中さんにも腹を立てていた。こまかい動作をいちいち認識したうえで行動していたわけではなかったんです。朝から失敗続きだったうえ、またやらかした。自分の不注意としか思えませんでした。

不注意じゃない。悪意だったんだ。

それに気づかされたのは、二時間ほど経ってからです。

「ねえ、あれ、菊ちゃんの電話じゃない？」

萩野さんに言われて、トイレに向かったら、あったんです。

つい二時間前に見まわしたはずのトイレの個室でした。便器の中に沈められた、私の携帯電話。

「患者さんから、トイレに電話が落ちていると言われて見に来たの。菊ちゃんの電話に似ているけど、まさかと思ったよ」

萩野さんが溜息をつきました。

「なくしたって言っていたの、二時間も前だったでしょう。ずっとここにあったのかな。今日は面会のお客さんも多いし、もう少し前に見つかってもよさそうなものなのにね」

誤って落ちたのではない。他人の手によって、便器に落とされた電話。排泄物のように扱われた、私の電話。

私自身が踏みつけにされたような不快感がこみ上げました。そして、そんな私を見て、気持ちよさそうに笑っているやつがいるのは間違いないんです。

いったい、誰が？

＊

疑いは、このとき確信に変わりました。

考えるまでもない。さっき休憩室にいたのはひとりだけじゃないか。

「誰かさん」だ。

＊

おかしな事件は、ほかにもありました。

見つけたのは私です。春先、主任の杉内さんが持ってきた、ベルギー旅行へ行った妹さんのおみやげだというチョコレート。

「みんなで食べて」

と言って、休憩室のテーブルの上に箱を置いておいてくれたんです。半日かそこら経ったころ、その箱がなくなっていました。

杉内さんのチョコレート、もうないのかな。一個か二個は食べたかったのに。

そう思って、ふとごみ箱の中を見たら、チョコレートの箱がありました。箱だけじゃない。チョコレートもたくさん散らばっている。

誰かが、中身ごとぜんぶごみ箱にぶちまけたんです。

ごみの中に突っ込まれた、杉内さんのチョコレート。見下ろしているうちに、私の背筋が冷たくなりました。

悪意。

ひとりの人間の、噴きこぼれるような悪意が、まざまざとそこに見えたように思いました。

まともじゃない、かなり異常な人間である「誰かさん」……。

それから、だんだん暑くなってきた時期のことでした。

休憩室には私たち用の小さな冷蔵庫が置かれているんですが、その中に入れておいた各自の飲みものの味がおかしかったことがあったんです。そのことが起きたとき、ちょうど私は非番だったんですが、ペットボトル入りのスポーツドリンクを冷やしていた萩野さんは、台所用洗剤みたいな臭いがした、と言っていました。

「飲もうとしたところで気づいたからよかったけれど、うっかり飲んだら体調を悪くしたかもしれないね」

それを聞いた蓮沼さんは、自分のお茶は飲まずに棄ててしまったのだそうです。正解だと思います。きっと、みんなの飲みものに洗剤を入れたんです。

そう、おそらくは「誰かさん」が。

もしかしたら、その時点で警察に届けるべきだったかもしれません。いたずらじゃ済まない。立派な犯罪ですものね。

四

「誰かさん」が真中さんだという、確かな証拠はありません。

でも、彼女以外には考えられないんです。

内科病棟の看護師仲間はみんな、仲良くやっていました。その中で、真中さんだけが異質だった。特にあの時期、真中さんはみんなから浮いた存在でした。だから、いやがらせにあのような行為を繰り返した。そう考えれば辻褄は合います。

こんな風に想像しているのは、私だけじゃないはずです。

きっと、みんなだって、同じように疑っているに違いありません。

だって、ああした一連の事件が起こっていたとき、真中さんだけは被害に遭わなかったんですからね。

それから、記者さんもお調べになっている、去年の夏の事件です。二週間のあいだに、二人の患者さんが亡くなった。そのこと自体は稀なことではないにせよ、二人とも長くない入院期間で容態が急変されているし、真中さんがべったり構っていた患者さんでした。あやしいといえばあやしいんですよ。

警察は夏の二件だけ調べていたみたいですけど、実際は二件ではないかもしれません。真中さんがE病院にいて、やたらと面倒をみていた患者さん、ほかにも亡くなっていますもの。

むろん、真中さんが夜勤のときだけ必ずそうなった、ってわけでもなかったですけどね。

ひとつ思い当たるのは、Sさんのことです。

真中さんが、みんなの前で泣き出しちゃった、あのときがきっかけだったように思うんです。

＊

病棟で、ある患者さんが亡くなられたときでした。八十代の女性で、Sさん。末期の胃癌。入院してきたときは、もう手の施しようがない状態でした。息子さん夫婦からは、やれるだけの治療をしてほしいと言われたんですが、手術することもできず、日に日にベッドの上で衰弱していくのを見ているしかなかったんです。入院当初は歩くことも、笑いながら雑談することもできていたのに、そのうち起き上がってトイレに行くことができなくなり、意識が遠のく時間がだんだん長くなっていく。私たちは点滴を換え、呼吸器を設置し、下の世話をしながら、ただ見守るだけです。

Sさんの死期がいよいよ近づいたのは、深夜でした。その日の夜勤は萩野さんで、最期を看取るのに間に合うよう、息子さんに連絡をしました。息子さんご夫婦とお孫さん姉妹が病院へ駆けつけて、Sさんの臨終に間に合いました。そこまではよかったんです。問題が起きたのは、二日ほど経ってからです。

「なぜ、死に目に間に合うよう、自分を呼んでくれなかったんだ」

Sさんの娘さんが、ナースステーションに怒鳴り込んで来たんですよ。

「看護師さんには前もってちゃんと頼んでおいたのに、約束を破った。どうしてくれる」

凄まじい剣幕でわめき散らして、その場にいた杉内さんや私は茫然とするばかり。事情が判明して、娘さんが鎮まってくれるまでひと苦労でした。

騒動の原因は、真中さんですよ。

Sさんが入院した際、付き添っていたのは息子さん夫婦ですが、お見舞いには娘さんも来ていました。そのとき、娘さんはSさんの担当だった真中さんに、母親が危篤になったら自分に連絡をよこすよう伝えていたんです。珍しくもないことですが、息子さん夫婦と娘さんは犬猿の仲だったみたい。兄妹は他人のはじまりって本当ですね。

ところが、真中さんはこのことをほかの看護師に知らせていなかった。

真中さんは、例によって患者さんからは丁寧に見える仕事ぶりで、Sさんにもご家族にも気に入られていたんです。Sさんにだらだらべったり張りついて、みんながそのしわ寄せを食う。真中さんにだけわかっていて、ほかの看護師にはわからない事実を抱え込む。患者さんとしては、ますます真中さんばかりを頼りにしますよね。

「今回はカンファレンスが必要じゃない？」

言い出したのは、杉内主任だったと思います。それで、Sさん家族の問題を踏まえた、看護師たちの反省会をしたんです。

「Sさんの娘さんの件、どうして私たちに言わなかったの」

杉内さんが穏やかに訊くと、真中さんはうつむきました。

「うっかりしていました」

言いかけるのに、私は思わず声を荒らげてしまいました。

「うっかり？」

「みなさんに話そうとは思ったんです」

真中さんはもぞもぞと続けました。

「でも、あんなに急にSさんの容態が悪くなるとは考えていなかったんです。もう少しあとで話しても間に合うと思って、つい延ばし延ばしにしてしまいました」

よく言うわ。私はあきれました。誰がどう見たって、Sさんが亡くなるのは時間の問題でした。

そりゃ、いくらか早かったかもしれませんが、早すぎるというほどではないはずです。

「ご家族の問題はさまざまだから、どう判断すればいいかは難しいことなんだけれど」

杉内さんは、私を眼で制しながら、静かに話を進めようとします。

「だからこそ、ああいう微妙な情報は、みんなで共有すべきだったよね」

私は黙っていられませんでした。

「責任も取れない、中途半端なくせして、患者さんの家族に立ち入るからいけないんじゃないの」

萩野さんもばっさりと言いました。

「今度のことは、真中さんに配慮が足りなかったと思う」

萩野さんの場合、真中さんが悪いのに、まるで自分の落ち度のように罵られたのだから、もっと言ってやってもいいくらいです。

「わたしは、立ち入ったつもりはありません」

真中さんが消え入るような声で返しました。

「むしろ、Sさんのご家族、それぞれの方々の立場やお気持ちを思ったからこそ、みなさんにもなかなか切り出せなかったんです」

使えない馬鹿が、生意気な。蚊の鳴くような声で反論しやがるか。

私はかっとしました。

「ご立派だわ」

半笑いで言っちゃいました。

「どれだけ自分が有能だと思っているわけ、あんた？」

私としては、ふだんの鬱憤が溜まりに溜まっていたんです。それが、一気に噴出しちゃったんです。

次の瞬間、真中さんは泣き出しました。

それも、しくしくぐすぐす泣くのじゃない。幼児みたいにわあわあ泣き出しちゃったんです。

「真中さん、泣くんじゃないの」

杉内さんが慌てて身を乗り出しました。

「なにも、あなたを責めているんじゃないのよ」

いや、私は真中さんを責めたんですけどね。

「真中さん、わかったから泣かないで」

蓮沼さんも横から真中さんの肩を抱くようにしてなだめます。けれど、真中さんは泣き止みませんでした。

「菊村さんも言葉が過ぎたけど、あなたのためを思ってのことなんだから」

杉内さんの慰めに、口があんぐり開きそうになりました。真中さんのためなんて思ってないよ。私の腹いせのために言っただけだってば。視線の先で萩野さんが苦笑していました。

真中さんがそんな状態になっちゃったので、カンファレンスはおしまいです。まったく子供ですよ。それも、ずるい子供。泣かれたら、まるきり私が加害者で、真中さんが被害者みたいじゃありませんか。

蓮沼さんのネックレスがなくなったのは、それからすぐあとだったんです。そしてその後の厭な出来事と、患者さんが続けて亡くなったこと。

関係あるように思いませんか？　ないと考える方が無理ですよ。そう思いませんか？

真中さんはE病院を辞めていきました。そして、真中さんがいなくなったあとは、おかしなことはぱったり起こらなくなったんです。

＊

私は、真中さんが嫌いでした。

でも、そんな風に思っていたのって、私だけじゃないはずですよ。

真中さんのことは、みんな、多かれ少なかれ、違和感を感じていたんじゃないかと思います。

杉内さんだって、真中さんの扱いには困っていたし、萩野さんも、真中さんとの勤務のあとは、疲れきっていました。もっとも、彼女は私より寛大だから、態度にはぜんぜん出していませんでした。私にはとても真似ができません。蓮沼さんはいちばん彼女の相手をしてあげていたみたいだけど、内心はうんざりしていたんじゃないかな。

だからみんな、真中さんが辞めると聞いたときは、ほっとしたんですよ。

私だけじゃありません。みんな、彼女がいなくなってせいせいしたんです。

真中さんが、O病院の事件のように、患者さんたちを殺したと思うかって？

やりかねませんね、彼女なら。

え、私以外に真中さんを疑っているひと、ですか？　みんなですよ。杉内さんだって、萩野さんだって、蓮沼さんだって。そりゃ、はっきりそうは言わないかもしれませんけどね。腹の中ではみんな真中さんならやってもおかしくないと思っていますよ。

だって、そうでしょう？　私たちの中で、まともじゃない、異常な人間なんて、ほかにいません。

真中さん、彼女だけしかいないんです。

第四章　佐倉早織

一

患者さんの連続不審死事件？

Ｏ病院の事件のことですか？　それならＴＶのニュースで見ました。

＊

はい、真中祐実さんは知っています。

前に働いていた病院で、同期でした。

でも、真中さんは、Ｏ病院とは関係ないですよね。確かＥ病院に勤めていたはずでしょう。え、彼女がいたＥ病院でもＯ病院と同じような事件があったんですか。いいえ、知りません。私、基本的にＴＶって、ドラマ以外は観ないし、新聞も読まないんです。

インターネットでニュースの検索をすることもあまりないから、そういった情報に疎いんですよ。看護師友だちからの噂？　それもないなあ。私、あんまり仕事関係で親しい人間、多くないんです。真中さんとも、ここ二年ばかりは会っていません。年賀状のやりとりくらいかな。

もちろん、Ｏ病院の事件に関しては、けっこう熱心にネットの記事を読みましたけどね。看護師が起こした事件だから、やはり気になりました。意見？　ううん、いろんな看護師がいるけれど、犯人は心を病んでいたんだろうな、としか言いようがないです。恨みからでも、憎しみからでもなく、他人の命を奪えるって、常識じゃちょっと考えられませんよね。確かに、看護師の仕事をしていれば、死が身近に、日常的に起こりすぎて、生命に関する感覚が麻痺(まひ)してしまうことはあるかもしれない。でも、それはあくまで私たちの側の感覚に過ぎなくて、患者さんはひとりひとり違うんですからね。ひとりひとりに別の日常がある。かけがえのない日常があるんです。たとえ将来(さき)の長くない患者さんだとしても、長くないからこそ一日一日が大事なわけじゃないですか。本人にとっても、ご家族にとっても、そうですよね。私たち看護師は、そういうひとたちをたくさん見てきているのに、自分の勝手な都合で命を断ち切るなんて、あり得ない。許されないことですよ。Ｏ病院事件の犯人は、人間として正常な判断力を失っていたんでしょう。そうとしか考えられません。

ところで、E病院で起きた連続不審死事件って、どういうものなんですか？　どうしてTVやネットで大きく報道されないんでしょう？

確実に「事件」と呼べるものではない？　そういった噂が流れているのが、週刊誌の「疑惑」特集で採り上げられただけ？

なあんだ。それじゃ、私が知っているわけがないですね。つまり、噂話に毛が生えたようなものなんでしょう？

ただの噂とも言いきれない？　匿名の投書があって、警察が捜査をはじめているんですか。

何ですって？　真中さんが、疑われている？

冗談でしょう。まさか、彼女がそんなことをするはずがない。

どういう事件なんですか。詳しく教えてください。

＊

事件性を疑われているのは、二件。

AさんとBさん。どちらも高齢の女性で、入院生活を送るうち、容態が急変して亡くなっている。真中さんは、そのふたりの患者を担当していた。行動のいくつかに疑わしい節があり、直後に病院を辞めている。

それだけ？

たったそれだけの理由で、真中さんを犯人扱いするんですか。おかしいです。担当の看護師は、真中さんだけではないでしょう？

疑わしい行動って、どんなものですか？

同じ病棟の看護師仲間から孤立していた？　カンファレンスでミスを責められて泣き出してから、看護師たちのあいだでアクセサリーの盗難や携帯電話の投棄、飲みものへの異物混入などが頻発し、その犯人は真中さんに違いないと言われている？

言われている、って、誰にです？　証拠はありますか？　その、仲の悪い「看護師仲間」とやらが言っているだけじゃないんですか？　そうでしょう？

真中さんがそういうことをしている現場を目撃した人間がいますか？　監視カメラの映像でも残っているんですか？　ない？　だったらなぜ真中さんが疑われるんです？　真中さんに好意を抱いていない、むしろ悪意を持っている人間の証言なんて、信じられます？

もし、仮にですよ、真中さんがそういった陰湿ないやがらせをしていたとしても、していたとは思いませんけれど、患者さんの不審死とは、まったく別の話でしょう？

いずれにしろ、真中さんを犯人と決めつける根拠としては弱すぎます。たとえ投書があったとしても、そんなことで警察が動くなんて、信じられない。たとえ警察が調べたって、証拠なんて見つかりますかね。そのAさんとBさんだって、死因そのものに不審な点はなかったんでしょう。あれば、亡くなった時点で事件になっているはずですもの。現時点では調べようがないでしょう。火葬にされちゃっていますよね。

E病院内では、真中さんがあやしいという噂が拡(ひろ)がっている。そんなの、ただの噂ですよ。病院を辞めたという真中さんへの中傷です。いないひとの悪口を言うのは簡単ですもの。そもそも、真中さんが患者さんを殺したなんて投書自体、誰が送ったんですかね。

O病院で起きたことは、あくまで稀な事例です。私はそう思います。O病院で起こったからって、E病院でも同じことが起こるなんて、そんな馬鹿馬鹿しい話はありませんよ。誰かの毒のある妄想が生み出したまぼろしなんじゃないですか。

はい？　看護師による患者殺しは、それほど珍しい事例じゃない。外国にもいくつか例があるし、日本でも似た事件はあった？

そうなんですか。でも、それって、そんなに頻繁に起きていますか？

違うでしょう？

確かに同じような事件はあるかもしれない。でも、殺人事件全体から見れば、わずかなものでしょう？　そんな物騒な看護師がごろごろいるものじゃありませんよ。そもそも、看護師は苦しんでいる誰かを助けたいからその職業を選んでいるんです。全員がそういう動機じゃないかもしれませんけど、少なくとも私はそうでした。

真中さんだって、同じです。

患者さんには生きてほしい。それが可能な限り、元気になって退院してほしい。そう考えて、みんな真面目に働いているんです。変な色眼鏡で見てほしくない。

だいたい、真中さんが連続不審死に関わったなんて言い出したのは、患者さんじゃないでしょう。どの病院だって、患者さんが亡くなった際は、ほかの患者さんにはなるべく知られないようにするものです。何号室の誰々さんはどうしたの、と訊かれたら、退院した、という答え方をしたりね。亡くなられた事実が見えにくいようにしているんです。だから、患者さんのあいだで囁かれ出した噂ではない。

真中さんは、周囲から非難されやすい人間なんです。口下手だし、要領もよくないし、不器用。なかなか他人に打ち解けない。頑固でもある。よけいな敵を作りやすい。集団生活は苦手なひとです。なにか異常事態が起きたら、最初に疑われるのが彼女です。でも、よくよく調べてみたら、違うひとが原因だったりするんですよ。

E病院の事件だって、そういうことなんじゃないんですか？

ええ、そうです。私は、真中さんが患者さんを殺したりはしないと、信じています。

彼女は、欠点の少なくないひとです。それほど立派な看護師とはいえないかもしれません。けれど、殺人犯ではありません。どこかの誰かが無責任に言いふらした悪意ある噂。そんなものに飛びついて、彼女を犯人扱いした記事を書くなんて、許せない。

　週刊誌の記者さんたちにとっては、ページを埋めるためのネタのひとつに過ぎないんでしょうけど、真中さんにとってはたったひとつの、かけがえのない人生です。噂なんですが、こいつが疑わしいです。こいつはおかしいって関係者が語っています。いい加減な伝聞をもとに私生活を暴き立てて、真中さんを晒しものにする気ですか。

　許されるべきじゃない。

　やり玉に挙げて叩きたいなら、無名の看護師である真中さんじゃなくて、芸能人の不倫でも嗅ぎまわっていればいいでしょう。

　本当に、本当に、立派なお仕事ですよね。

　帰ってください。私はなにも喋りません。

二

　え？

　記者さん、真中さんを疑っていないんですか？

　噂のような事件が起こったとするなら、もっと具体的な行動に関する証言があっていいはず。なのに、真中さんについての聞き込みをしていても、人格非難以外の根拠がなにも見えてこない。調べるうち、わからなくなってきていた。みな、真中さんが悪いという思い込みから、火のないところに煙を立てているのではないか。

ふうん、やっぱり、私が言ったとおりなんですね。

だけど、本当にそう思うのだったら、どうして私にまで、真中さんのことを訊くんです？　私が真中さんと同じ病院で働いていたのは、十年近くも前なんです。真中さんに関しては、彼女の役に立つようなことも、彼女を不利にするようなことも、どちらも言えない。記者さんが記事に書けるような話はなにもできませんよ。

書けなくてもいい？

興味本位なだけのいい加減な記事は書きたくない。ただ、取材をはじめた以上は少しでも真実に近づきたい。

本当に？

＊

真中さんとは、S病院の外科病棟で一緒でした。同期だったんです。

私は高校の看護科を出て国家試験に受かったばかりで、真中さんとは入職した日が初対面でした。

研修期間で、採血の実習があったんです。その際、私とペアを組んだのが、真中さんでした。真中さんの腕に駆血帯(くけつたい)を巻いてもなかなか血管を見つけられず、焦りました。めちゃくちゃ緊張していたんでしょうね。

「ごめんなさい」

真中さんには、ひたすら謝りました。おかしなことに、彼女まで申しわけなさそうにするんです。

「わたし、血管が出にくい体質なんです。ごめんなさい」

真中さんも、緊張しきっていたと、あとから聞きました。彼女の採血も、お世辞にも上手とはいえませんでした。真中さんに注射針を刺された痕、けっこうな青あざになって残っていましたもの。

お互いさま、というところから、真中さんと仲良くなったんですよね。

幼い時分、私はわりに躰が弱かったんです。母親に連れられて、しょっちゅう近くの小児科病院へ通院していました。そこで看護師さんにやさしくされたか、仕事ぶりが格好よく見えたかして、憧れたのかもしれません。とにかく小学校に上がったころには「将来は看護師」と決めていました。母親や父親にそのことを伝えたら、クリスマスのプレゼントに、ナイチンゲールの伝記を買ってくれたんですよ。看護師といえばナイチンゲール。お約束ですよね。うちの両親、とてもわかりやすいひとたちです。

小学校の低学年向けに書かれた、少女漫画みたいな挿絵の入ったナイチンゲール物語でした。表紙もお約束。クリミアの野戦病院で、手にランプを掲げたナイチンゲールが、怪我をした兵士の病床を見まわる場面です。フローレンスの両親はイギリスのお金持ち。新婚旅行でヨーロッパを訪れ、イタリアに滞在中に生まれたのがフローレンス。誕生地フィレンツェから名づけられた名前。一家はイギリスに帰国し、大邸宅で優雅な社交生活を送る。しかしフローレンスはその暮らしに馴染めない。心がやさしくて、足を怪我した飼い犬を介抱したりする。フローレンスの母親や姉は、そんな彼女を理解できない。お客さまだパーティーだと、華美な世界を追い求める母親や姉を尻目に、学問と慈善活動に勤しむフローレンス。

内容も、昭和の時代の少女漫画みたいですよね。王道の展開。まんまとはまって、何度も読み返しました。うちもおねえちゃんがいたから、よけいに楽しめたのかもしれません。他人の役に立ちたい、と真剣に考えるフローレンスに対して、姉は刺繍とお絵かきと自分の幸福以外なーーんにも考えていないキャラクターに描かれていましたからね。おねえちゃんとごちゃごちゃ揉めるたび、ナイチンゲールのねえちゃんだってひどかった、と思って溜飲を下げていました。

　ナイチンゲールの伝記って、あちこちの出版社から何種類も出ているみたいですけど、真中さんと私は偶然、同じ本を読んでいたんです。

「学校の図書館に置いてあったのを読んだ」

って、真中さんは言っていました。

「あの本を読んで、看護師になろうと決心した」

私とは逆パターンなんです。まあ、真中さんの場合の方が自然というか、ありがちな流れですよね。

「罪が深いよね、あの本」

私は思わず言っちゃいました。

「嘘ばっかりなんだもの」

フローレンス・ナイチンゲールの生い立ち自体は嘘じゃないんですよ。お金持ちの娘が親の反対を押しきって、当時は下層階級の女が就く職業とされていた看護師となり、近代の看護医療を打ち立てた。そのこと自体は本当なんです。でも、フローレンスのキャラクターが違う。やさしくないんです。大人向けの伝記とか、ナイチンゲール文書とか『看護覚え書』を読むとわかります。

論理的で、きつい女ですよ、フローレンス。

＊

同じ病棟に配属された同期の新人は五人いましたが、ひとりは一ヵ月後には辞めていきました。准看護師として実務経験を積んでから正看護師の資格を取った、同期の中ではいちばん有能なひとでしたから、仕事の面で挫折したわけではない。S病院の外科病棟、という環境そのものと合わなかったんでしょうね。

いいや、本当のところ、環境というより、人間関係だったんじゃないかな。

「辞めるとしたら、ぜったいあなただと思った」

真中さん、指導者（プリセプター）の先輩から言われていました。指導者って、新人ひとりひとりにつくんです。私についた先輩も気の強いひとだったけど、真中さんについていた先輩はまた厳しい、ずけずけ遠慮なくものを言うひとでした。辞めた子についていた先輩も、いつもいらいらしていて、注意ひとつとってもいちいち棘（とげ）があるひとだったから、つらくなっちゃったんじゃないかと思うんです。

そう、先輩、みんな怖くてきつかったんですよ。私たち新人は、みんなびくびくおどおどしながら、毎日失敗ばかりしていました。

患者さんを問診（アナムネ）で怒らせちゃったことがあったなあ。四十歳くらいの男性で、奥さんの付き添いで入院して来たんです。明るくにぎやかなひとでした。ここはきれいな看護師さんばかりだな。おまえは早く帰れ帰れって冗談を言って奥さんを帰らせていました。そのすぐあとで私が問診に行ったんです。そうしたら、パジャマに着替えてベッドに腰をかけているそのひとの表情はまるで違っていました。ひと言でいえば、一気に病人になった感じ。奥さんの前では精いっぱい元気にふるまってはいたものの、不安だったんでしょうね。そんな年長の男性に、格好だけは看護師だけれど、まだ右も左もわからない小娘が訊くわけですよ。

「ご気分はどうですか」

悪くはないです。

さっきまでとは打って変わった、重く低い声でした。

「これまで、入院された経験はありますか」

あります、と、またしてもぶっきらぼうな返事。

「何の病気でしたか」

病気じゃない。事故で骨折したんです。

「どういった事故ですか」

交通事故ですよ。

「ええと、どういう?」

自転車に乗って横断歩道を渡っていたら、一時停止を無視したタクシーが突っ込んで来たんです。この質問、今の病気に関係あるんですか?

患者さんが苛立ってきているのがひしひしと伝わります。こっちだってこんなどうでもいいことは訊いたってしょうがないんです。知りたいのは、患者さんの病歴。近い親族の病気。食べものにアレルギーがあるかないか。今だったら患者さんの機嫌に合わせて質問を変えていくこともできるようになりましたけど、当時はぜんぜん駄目でした。遠まわしに核心へと近づいていくつもりの質問が怒りの種になっていくのを薄々悟りながらも、同じボタンを押し続けていくしかない。

「ここに入院されて、どんな気がしますか？」

どんな気か、だと？　馬鹿にしてるのか。

患者さん、ここでぶち切れて、怒鳴りはじめちゃいました。その声を聞きつけた看護師長がやって来て、患者さんをなだめてその場はおさまったんです。私ですか？　ただただ茫然としていました。

患者さんを興奮させるような訊き方をするなんて、なにを考えているの。指導者の先輩からは、あとでみっちり叱られました。でも、ただ質問をしただけで怒り出すなんて、当時の私は考えませんよ。むろん、先輩が問診するのを、二度か三度か横で見ていたことはありますから、自分としては同じようにしたつもりだったんです。違うとしたらやはり私の年齢と、自信のなさがにじみ出た態度だったんでしょうね。そればっかりはしょうがないんです。経験を積むしかないことなんですから。師長はそのあたりを汲んでくれたのか、患者さんの身になりなさい、としか言いませんでした。けど、あの時点ではねえ。自分の「やらねばならぬ」「とっとと進めねばならぬ」でいっぱいいっぱいで、患者さんの顔色を見るゆとりはまったくありませんでした。

その患者さん、肺癌だったんです。手術をして、いったんは退院されたんですが、けっきょく転移が見つかって、亡くなられました。ふたりのお子さんもまだ小学生だったそうですから、情緒不安定にもなりますよね。

今ならね、怒らせないで、必要な事柄がきちんと訊けると思います。そう、現在であれば。

＊

私と同様、真中さんも毎日やらかしていました。

どんな失敗かって？　清拭にも検温にも、やたら時間がかかっちゃったり、先輩への申し送りが言い落としばかりであたふたしちゃったり、上がりの時間を二時間過ぎても看護記録が書き終わらなかったりは、毎日でしたよ。先輩から注意をされどおしで、落ち込むのも毎日。

S病院には看護師の寮がありました。病院からは歩いて三分の距離にある鉄筋のアパート。真中さんは実家が遠かったので、その寮に入っていたんです。私は実家からの通勤。家から近いからS病院に就職を決めたようなものだったんですが、よく彼女の部屋に泊めてもらいました。１K六畳、ユニットバスの狭い部屋でしたけどね。その部屋で愚痴をこぼし合っていました。休みの日、一日じゅう彼女の部屋でごろごろしていたこともあります。愚痴を言うのは、私の方が多かったかな。真中さんは、慰める側だった気がします。先輩からがんがん叱られると、がっくりはきていたんでしょうし、しょっちゅうめそめそ泣いていましたけど、わりとすぐ立ち直るんです。私はいつまでもうじうじしていましたけどね。真中さんの方が強かった。

真中さんの欠点？　そうですね。ひとりの患者さんにかかりきりになり過ぎちゃうところかな。

ナイチンゲールに言わせれば、「小管理」が欠けているわけです。患者さんに親身になるのはいいんですよ。でも、病院では、真中さんがいなくても、誰でも真中さんの役割を務めることができるよう、看護師同士で情報を共有し、チームとして行動しないといけない。それが真中さんには苦手だったんです。患者さんと繋がることは上手だったけど、患者さんから得られた情報を仲間に伝えることが、うまくなかった。

患者さんと繋がることができる、って、口では簡単に言えますけど、難しいんですよ。患者さんだって、いろいろいますからね。

看護師を、何でも自分の言いなりになる下僕みたいに思っているひとだって、なかにはいるんです。威張り散らすの、女性にもいるけれど、男性に多いです。こちらがなにもお返しできないから、よけい図に乗るんでしょうね。

不機嫌も、病気のせいなのかもしれない。

そう思って辛抱するけれど、私たちだって、いつもいつも完全無欠なプロフェッショナルでいられるわけじゃない。職業に看護師を選んで、看護師の職務を忠実にこなしたいと願い、努力するだけ。ひと皮剝けば、患者さんと同じ。あらの多い、ただの人間。ですから、傷つくし、苦しみもするんです。当たり前の話ですけどね。真面目な子ほど、無力感も覚えるし、患者さんに負の感情をぶつけられれば絶望もする。

真中さんには、できた。患者さんになにを言われようが、ものを投げつけられたり食器をひっくり返したりされようが、どうしたんですか、大丈夫ですよと繰り返しなだめて、相手を落ち着かせることができたんです。

看護師としてすごい能力だと思います。私には、とてもあそこまで辛抱できません。真中さんは、患者さんの話を聞くことはできるし、理解もできる。けど、それを看護師同士で伝達するとなると、絶望的に下手だった。これが、親しい人間同士だけの話なら問題はないんです。真中さんが自分の言いたい内容を伝えきれなくても、私ならいろいろ問いただして答えを引き出すことができる。もたもた説明をされたって、彼女がなにを言いたいのか、だいたい察しもつくんです。でも、仕事場って親しい相手ばかりがいるわけじゃないですからね。

「どうしてはやく言わないの」

「なにを言っているのか、わからない」

焦(じ)れた先輩にせっつかれ、叱られるうち、真中さん、だんだん先輩から嫌われるようになってしまったんです。半年も経つころには、指導者だった先輩だけじゃなく、ほかの先輩たちからも、露骨に黙殺されるようになっていました。真中さんが眼の前にいるのに、私にだけ用事を言いつけたりする。そのくせ、気難しい、面倒そうな患者さんはみんな真中さんにつけちゃうんです。いじめですよ。どうしようもなかったです。これじゃ看護に必要なチームワークなんか、ますます取れっこないですよね。自分たちで対話を断ち切っておいて、悪いことはぜんぶ真中さんの責任にされていた。

確かに、真中さんの欠点って、ある意味では致命的ですよ。だけど、真中さんが「病人についての第一原則」「病人を敵から解放する」ことに一生懸命なのは確かだったんです。

かかりきりになるほど打ち込んじゃう。そのこと自体は、欠点ではあったけど、良いところでもあったんですよね。むろん、みんながみんな、そうだったら困るけれど、チームのうちひとりくらいはそういう看護師がいてもよかったんじゃないか、と思います。全員が同じように動いているのもおかしいじゃないですか。

でも、私たちがいた病棟では、そう考える人間はいなかった。あんなに患者さんの言いぶんを真摯に受け止めようとする子はいないのに、理不尽な気がします。

これまで真中さんのことを、そんな風に言うひとはいなかった？

みんな、彼女とじっくり話をしたことがないからですよ。あいつは駄目だ、変だと決めつけて、仲間外れにしておしまいでしょう？

真中さんがうまく働けなかったとしたら、許容しない周囲にも責任があるんです。私はそう思います。

真中さんがＳ病院を辞めたとき、具体的な事件やできごとはなにもなかったです。ある日、私に向かって出しぬけに、ここを辞めてほかの病院へ行く、とだけ。

真中さん、私にはそういった、人間関係についての愚痴はこぼしませんでした。私ならぜったい言わずには耐えられないと思うんですけど、あのひとはそういうことは言わなかった。

「ここは忙(せわ)しなすぎるよ。Ｅ病院の内科に口があるから、そこへ移ろうと思う」

それだけです。

いろいろ言いたいことはあったのかもしれませんけど、彼女は本当に口下手なひとだから。

＊

新人のころを思い出すと、胸が痛くなります。あのころは理想もあったし希望もありました。純真だったなあ。

　十年も経っていないんですけど、ずいぶん遠い昔のことみたいに思えます。

三

私が真中さんについて知っていて、お話ができるのは、これだけです。

ずいぶん難しい顔をなさっていますね。記事になりますか？　ならないでしょう？

私、週刊誌はほとんど読まないんです。電車の中吊り（なかづ）広告を見るくらいかな。あと、美容院に行ったとき、女性週刊誌をぱらぱらとめくってみますね。でも、たいがい芸能人の醜聞（スキャンダル）と皇室ネタばかりなんで、あんまり興味はわかないです。不倫とか薬物疑惑とか激やせしたとかふとったとか。正直言って、買ってまで読む気にはなりません。派手な見出しをつけて、煽（あお）るだけ煽って、それを面白がって買うひとがいるから、そうするしかないんでしょうけど。

あなたも見出しを考えたりするんですか？　女性週刊誌、すごいですよね。馬鹿っ母って言葉とか、どうやったら思いつくんだろう。

考えない？　見出しをつけるのは編集部の人間？

へえ、ということは、あなたは編集部のひとじゃないんですか。さっきいただいた名刺には誌名が書かれていますけど。あ、よく見たら、違いますね。フリーの記者さんなんですか。

フリーって、どういう身分なんです。出版社からお給料はもらわないで、注文を受けて取材をして、記事だけ書いて売っているということですか？

真中さんの、いいえ、E病院の事件も、この名刺にある週刊誌から取材を依頼されたってことですか？

違う？　持ち込み？

たまたま、E病院にまつわる噂を聞きこんだことがきっかけで、売り込んだんですか。

ふうん、関係者に知り合いがいたんですか。そうですか。関係者って、病院の中の人間ですか、それとも入院患者？

情報源は答えられない？　ははあ、そういうものなんですね。

私の話、どう思いました？　困っていますね。真中さんを犯人に仕立てる気はないし、事件そのものを否定してますからね。わざわざ時間を使って、私なんか追っかけて、それじゃ仕事になりませんよね。

この記事を書くの、やめちゃったらどうですか？

やめない？　それはそうか。これまでの取材が無駄になっちゃいますものね。でも、事実じゃないことをでっち上げるのは、やめてほしい。

でっち上げない？　本当ですか？

こうなったら、自分なりの真実を突き止めたい？

本当にそう思います？

だって、実際になにもなかったら、記事は書けませんよね。調べたらなにもなかったです、なんて記事じゃ、雑誌に載りっこないし、お金がもらえないでしょう？

それでも仕方がない？　本気ですか？

これまでにも、お金にならなかった取材はあった？　そうですか。ずいぶん不安定なお仕事だなあ。ちゃんとごはんは食べられるんですか？

暮らしを立てるため、いろいろな記事を書いている。刑事事件の裁判の傍聴記事が主だけど、収入は不安定。

大変だなあ。失礼ですけど、ご結婚はされてます？

独身？　そうでしょうね。結婚したって、奥さんも働いていないと、お仕事は続けられませんよね。

看護師はどうかって？　ははは。

正直言って、あんまりおすすめできないな。

看護師は、身内に冷たいですよ。私も冷たいです。家族や彼氏がインフルエンザにかかっても、やさしくしません。

看病なんかしませんよ。うつされたら困りますもの。

私、自分も看護師だけど、看護師をしている女って好きじゃないんですよ。真中さんみたいに仲良くなれば別ですけど。だって、真中さん、要領は悪いけど、性格は悪くないですからね。ほとんどそんな子はいません。さっきも言いましたけど、友だちは看護師以外の子ばかりです。

看護師は、ねえ。医者や看護師長の顔色ばかり窺って、同僚にばかり業務を押しつける。どんなに忙しくても、自分のデスクに貼りついて動かない。ナースコールにはぜったいに出ない。自分本位で底意地の悪い性格が、それはもう露骨に見える。

真中さんに関してはもちろん、私だっていろいろあって、S病院を辞めたんです。さいわい、今のクリニックではのんびりやっているけれど、真中さんの場合はそうはいかなかったみたい。E病院でも、以前と同じことが起きたんですね。

情けないと思います。人間の社会って、何なんだろう。

みんな同じような行動をしなくちゃいけない。正解はひとつみたいに縛りつけて、横並びでお互いに仲いいふりをして、息苦しくなっている。

だから、かえって陰湿に、蔭でこそこそ悪だくみをして、足を引っ張ったりする。そういう意地の悪さに耐えられない人間は、その場には留(とど)まれない。逃げるか、壊れるか、いずれにせよはじき出される。「みんな」の中に残りつづけるのは、呼吸をするように他人に悪意をぶつけて恥じない人間か、自分以外の誰かが被害者であればすべて見て見ぬふりでやり過ごす人間ばかり。

厭な話ですよ。

そう、私は現在、個人経営のクリニックで働いています。整形外科の、無床のクリニックです。朝の八時に出勤して準備をして、診察開始の九時からずっと静脈注射や筋肉注射ばかりしています。毎日、百人ぐらいに注射してますね。忙しいことは忙しいけれど、S病院のときみたいな殺伐とした感じはありません。夜勤はなし。いつも夕方には上がれるし、休みの日には友だちとも会える。精神的にも肉体的にもゆとりがあります。

自分にゆとりがなければ、患者さんにやさしく接するなんてできないですよ。S病院を辞める前は、本当に疲れて、自分がなぜ看護師になったのか、わからなくなっていました。

新人のときもきつかったですけど、変な風に慣れちゃうのも、怖いものなんですよね。看護師になって三、四年も経って、仕事ができるようになってきて、新人の指導なんか任されるようになっちゃうと、すべてが無感覚になってくるんです。少なくとも私はそうなりかけた。医者から指示されたこと、必要な処置であること、それだけでことを進めようとしてしまう。患者さんが人間であることを忘れてしまう瞬間があるんです。

私、泣かれたことがあるんですよ。患者さんに。

私より若い女性でした。膀胱(ぼうこう)カテーテルを使用する必要があって、医者から言われたとおりに用意をして説明をしてさっさと済ませようとしていたら、

「厭です」

って拒否されたんです。

「でも、そうしないといけないんです。みんなそうしているんです」

「ほかのひとはどうでも、私は無理です」

泣かれちゃった。

「私は人間なんです。人間でいさせてください」って。

堪(こた)えたし、考えさせられました。患者さんの理解を得るって、そんなに簡単なことじゃない。医者や私にとっては当たり前でも、患者さんにとってははじめての不安な経験なんだ。そこをわかったうえで話さなくちゃ、言葉なんか耳に入るわけがない。マニュアルどおりに説明して納得するものじゃない。相手は人間なんです。

あとで真中さんに話したんです。そうしたら、彼女はすごい真剣に話を聞いてくれた。

「わたしたちは、医者と患者さんのあいだを繋がなくちゃ駄目だよね」

看護師同士のカンファレンスでは、あまり積極的な発言ができるひとじゃないんです。もじもじ、もごもごしちゃって。でも、私相手には、真中さんも口下手なりにけっこう饒舌（じょうぜつ）だった。

「わたしたちにしかできないことなんだよね。患者さんにとってはぜんぶがはじめてなんだもの」

カンファレンスで言えなかった言葉が、次々に出てくる。言い合うことで、私たちが癒されるんです。

真中さんも友だちが少なそうですよね。じゃなきゃ、私なんかに話を聞きには来ないでしょう？

彼女、不器用だし、べたべたする子じゃありませんしね。病院が変わってからも、何度か会ってごはんを食べたりはしたけれど、誘うのはたいてい私からです。彼女が誘ってくることなんか、ほとんどない。

真中さん、疑いが晴れたら、また仕事に戻ってほしい。彼女は誰よりも「思い」のある看護師でした。潰れてほしくない。

真中さんは、私の大事な仲間でした。
ええ、今でも、そうだと信じています。

第五章　蓮沼佳澄（はすぬまかすみ）

一

週刊誌の取材、ですか？

あの件に関することなら、私の方が訊きたいくらいですよ。いったいどうなっているんでしょうか。

このあいだ、病院に刑事さんがふたり来て、いろいろ話を訊かれました。任意捜査っていうんですか。私はちょうど夜勤明けだったんですけどね。女の刑事さんと男の刑事さんでした。去年の夏、患者さんが続けて亡くなったときの状況について、知っていることを話してほしいと言われました。もちろん私だけじゃなく、内科病棟の看護師たち全員に訊いたんです。医師（せんせい）たちも呼ばれていました。私、二十分くらいは話をしたのかな。質問をしてきたのはたいがい女の刑事さんの方でした。うちの主任と同じくらいの年格好で、言われなければ刑事さんにはとても見えない、学校の先生みたいな雰囲気の女性でしたよ。男の刑事さんは、おじさんよりおじいさんといった方がいい感じ。ふんふん頷いてはいたけれど、あまり熱心に話を聞いている感じじゃなかった。無理もないと思いますけどね。だって、警察のひとたちが知りたいようなこと、私はまったく言えなかったんですから。話せることなんかなにもなかったんです。少なくとも私はね。

あのとき亡くなられた二人の患者さんの死因について、私個人としてはまったく疑うところはないんです。容態の急変はあったにせよ、想定外というほどではなかった。誰かに危害を加えられたなんて、思いもよりません。

そのように話したら、訊かれたんです。はい、真中さんのことをね。疑われているのは、彼女でした。

真中さんが、患者さんたちを故意に死なせたんじゃないか。

インターネット上にそんな書き込みがあったとか、警察に密告があったらしいということは、あとから知りました。ええ、あとで、同じように質問された看護師仲間に聞いたんです。

菊村さん、ご存じなんですか？

ああ、彼女にも取材をなさったんですね。

そうです。菊村さんが言っていたんです。それで、わざわざ警察が動いたんだって。

でも、亡くなり方に不自然な点があるならば、すぐに警察へ届け出ているはずですよ。少なくとも医師たちは病死と診断されたわけですし、病院に残っているのはそれが記載されたカルテだけです。亡くなられた患者さんが殺されたという物的な証拠を見つけるのは難しいでしょうね。

どうなったんですか、けっきょく。

あれは、事件だったんですか？　事件と言えるんですか？

菊村さんなんかは、根拠がなければ警察が動くはずはないって、すっかり真中さんを犯人と決め込んじゃっているみたいなんですよ。でもね、私はそんな風には考えられないんですよね。ほら、O病院の事件があったから、念のため裏づけをとってみた。その程度の話なんじゃないですか。

だって、私から見て、真中さんはちっとも犯罪者じゃないんですもの。

刑事さんたちにも話しましたけれど、私は勤務が真中さんと一緒になることが多かったんです。でも、おかしなところなんかまるで感じませんでした。患者さんに捕まって、無駄な長話をして、そのぶん私が忙しい。やるべきことが五つあったらそのうち三つしかこなさない、いつもどおりの真中さん。別に、腹が立ったりはしませんでした。そういうものだとあきらめていましたよ。それに、真中さんがいれば、助かる部分もありました。私はね。

あのころはちょうど、手のかかるおじいちゃんが入院していましてね。名の通った企業のお偉いさんだったというひとで、退職後もその気分のまま生きているという型（タイプ）。看護師なんか、自分の使用人以下だと考えている。私たちを呼ぶときも、おい、とか、おまえ呼ばわりでした。要は横柄な方なんですよ。私は、最初に話をしたときから嫌われてしまいました。内心の反発が顔に出ちゃったみたいですね。だから、真中さんに任せるしかなかったんです。真中さんなら、ねちねち厭なことを言われても、理不尽に怒鳴られても、動じないで患者さんに接してくれる。そういう部分は重宝だったんですよ。私は駄目なんです。つい感情を出してしまう。患者さんとは、まさか喧嘩まではしませんけど、険悪な関係になってしまったことも少なからずあります。

患者さんとどう距離を取って、どう接するか。私はいまだに迷っているし、わからないんです。その点、真中さんには迷いが少ないように見えました。どんな型のひとに対しても、穏便に従順に対応する。患者さんによっては甘い顔ばかりしていられない場合もあるし、厳しくしなくてはいけない場合もある。真中さんのやり方がいつも功を奏したとは言えないと思いますが、それでも私よりは多くの患者さんから受け入れられていた。それは確かです。その横柄なおじいちゃんも、退院するころにはすっかり真中さんが気に入っていて、まなちゃん、なんて親しげに呼びかけていましたからね。

真中さんがその死に関わったとされている患者さん、二人めのひと。熱中症で入院された方も、ちょっと難しいひとでしたね。そうです、柳沢はる子さん、そのひとです。病人だから無理もないんですが、いつもご機嫌斜めで、素直に話を聞いてくれない。こまごました注意でも、私が言うと角が立つから、勤務が一緒のときは真中さんに話をしてもらっていました。でも、真中さんが特に親しかったとか、眼をかけていた、とは言えないと思います。真中さんを贔屓（ひいき）にする患者さんは多かったんです。

え、菊村さんは、そう言っていたんですか。「べったりしていた」って？　へえ。「べったり」していた患者さんなら、ほかにいましたよ。それこそ、さっき言ったおじいちゃんとかね。面と向かってはおまえはとろくさいとか馬鹿だとか、ひどいことを言いながら、真中さんがいない日は一日じゅうむっつり。口を開けばまなちゃんはどうした真中じゃなきゃわからん真中を呼べって大騒ぎ。大変な愛されようだったものです。柳沢さんはそうでもなかったと思ったけどなあ。

それに、柳沢さんが亡くなられたとき、真中さん、だいぶおたおたしていたように見えました。彼女は臨機応変に動ける性質（たち）じゃないですからね。もし自分で手を下したなら、当然、急変は予定どおりだったはずですよ。あんな風になるかなあ。あまりにもいつもどおり。「気の利かない真中さん」のままでした。

確かに、彼女にはいろいろ問題がありました。仕事の手順が悪いし、飲み込みも悪い。強情で、他人の注意も意見も聞かない。困ったひとでしたよ。好きだったか、と訊かれれば、嫌うほどではないけど好きにもなれなかった、と答えるしかないです。

でもね、真中さんは、意地悪ではなかった。

わかりますか?

もちろん、人間ですからね。言いわけも言い逃れもしないわけじゃない。ただ、それが見え見えのひとだったんです。適当な嘘をついて誤魔化すのも、他人に責任を押しつけるのも、上手(うま)くなかった。

だから、失敗は目立ちやすかった。ただでさえ他人よりたくさんやらかすひとなのに、よけいに悪目立ちしちゃうんです。

それだけで、彼女自身に悪意はなかった。そう思います。

二

そうです。

なくなったのは、私のネックレスでした。

でも、真中さんは、他人の持ちものに関心は薄かったと思います。誰がなにを持っていようが、なにを着ていようが、興味がなかったんじゃないでしょうか。そうした雑談にも加わってきたことはありません。真中さん自身、身なりを気にしている様子はありませんでした。いつも髪は後ろにくくってひとまとめだし、デニムかコットンのシャツワンピースばかり着ているし。もっとも、私が知っているのは出勤時の服装だけで、休みの日にどんな格好をしていたのかはわかりませんけどね。

むしろ、菊村さんや萩野さんの方が、うるさかったですよ。服やバッグや靴やアクセサリー。ちょっと髪型を変えたとか、今日は雰囲気が違うけどこれからデートなのかとか、敏感に気づいてきゃあきゃあ笑いながら指摘してくる。女子高生みたいでした。

もっとも、最近はそういった会話もしなくなりましたけどね。そうです、真中さんが辞めてからは、ね。

なぜかって？

けっきょく、私たち内科病棟の看護師同士は、まったく仲良くなかったんですね。真中さんがいたときは、よかったんですよ。何でも彼女のせいにできたからだったのかもしれません。真中さんという共通の「困ったひと」がいたから、お互いの不快な部分、不満な点にも、眼をつぶれた。でも、彼女が辞めてからは、それができなくなってしまった。

今じゃ、菊村さん、私とはほとんど喋りませんよ。会話をするのは、仕事上の伝達事項だけです。萩野さんは、前と変わりませんけど、裏じゃどうなのかな。だって、萩野さん、しょっちゅう菊村さんの悪口を私に言ってきますからね。菊村さんと萩野さんだって、親しいのは表面上だけなんでしょう。

そもそも、服装とかアクセサリーとかをまめにチェックしてくる時点で、善意じゃなかったんだなあ、と、今になればわかります。

「今日のブラウス、可愛いね」

「前髪を変えた？　似合っているよ」

なんて言いながら、裏へまわれば、笑っていたんでしょうね。

「三十歳を過ぎているくせに、あの水玉模様はないよね。もともと老け顔なんだから、やめたほうがいいのに」

「ブラウス自体は可愛いんだけどね」

「服が可哀想（かわいそう）」

「前髪ひどいね。アップにしておけば無難なのに」

「若づくりしたって無駄な抵抗だっての、わからないのかね」

「家に鏡あるのかな」

そんな感じでしょう。わかりますよ。彼女たちのふだんの会話を聞いていたらね。他人をけなして、くさして、あざ笑う。そればかりなんです。患者さんについての蔭口も、ひどいものですよ。特に、自分たちより齢上（としうえ）の女性に関しては辛辣でした。そればかりじゃない。もっと悪いことに、実際に意地悪な行動をするんです。

「あのばあさん、点滴を抜くとき、ばっちり痛がらせてやった」

なんて平然と話していましたからね。年配の女性によそよそしく対応しておいて、同室の若い女の子の患者にはわざと友だちみたいに話しかけたりして。

「たっぷり疎外感を味わわせてやった。寂しかったろうな、おばさん」

って、はっきり言っていましたよ。それも、いかにも嬉しそうにね。

私、彼女たちと親しくしているときも、あの態度にはついていけなかった。

患者さんに対して、そんなことをした理由？　私にはわかりません。ただ、彼女たちは常に誰かしらを目の敵にして、笑いものにしていないと気が済まなかった。自分たちにとって癇に障るそのひとが気分を害したり、傷ついたりするのが楽しかったんじゃないですか。

そういうこと、やめましょうよって、言ったことはあるんです。患者さんをいたぶって面白がるなんて、どう考えても異常じゃないですか。

「いたぶってなんかいないよ」

菊村さんも萩野さんも、薄ら笑いを浮かべるばかりで、まったく取り合ってくれませんでしたね。

「患者さん、みんな可愛いもの」

私のネックレスのときだって、同じだったんでしょう。

そう。

つき合っている男性から、クリスマスにプレゼントされた、プラチナのネックレスです。そんなに高価な品じゃありません。彼氏、前の会社でいろいろあって、精神的に追いつめられちゃって退職して、一年近くぶらぶらしたあとで、ようやく新しい会社に就職したばかりでした。あんまりお金に余裕がなかったですからね。

＊

その朝、ロッカールームで、萩野さんから言われたんです。

「今日はいいのをつけているね」

萩野さんは目敏いんです。すると、菊村さんがすぐさま参加してくる。

「彼氏からの贈り物？」

来た、と思いました。どうせ冷やかされるだろうとは思っていたんです。わかっていてつけてきたんだから、私もいい気になっていたんですね。言いわけをするようですが、彼氏とはつき合いはじめたばかりで、プレゼントをしてくれたのも、それがはじめてだったんですよ。なにせ今言ったような事情で、恋愛どころじゃない男をずっと友だち状態で待ち続けていて、ようやっと恋人になれたところだったんです。舞い上がっていた時期でした。あんまり嬉しかったので、身につけずにはいられなかったんです。要は自慢したかったんですよ。

「ペアの片割れ。クリスマスにねだって買わせたんですよ」

私、にやにや締まらない顔をしていたと思います。

「見せてよ」

萩野さんが手を差し出してきました。

え、見せるの？　他人に触られるの、厭だな。

そうは思いましたが、断りづらくもありました。そのころ、私、みんなにけっこう彼との恋愛話をしちゃっていましたからね。今考えると痛恨の極みです。相手に夢中でのぼせているときって、どうしてああも判断力がなくなるんだろう。

ともかく、さんざんこっちの話を聞かせたからには、戦利品を見せなきゃいけないな。

私は萩野さんにネックレスを渡しました。

「可愛いね」

萩野さんが言うと、菊村さんも身を乗り出して来ました。

「私にも見せて」

綺麗だ。私も欲しい。口々に歓声を上げてくれました。お義理でしょうけど、そのときは面映（おもは）ゆくも幸福な気分でしたね。

真中さんもその場にいたように思いますが、会話には入って来ませんでした。

私はネックレスをハンドバッグの内ポケットに落とし込んで、ロッカーに入れて鍵をかけました。

そうしたつもりでした。

しかし、その日、勤務を終えて着替えようとしたら、ロッカーの鍵はかかっていませんでした。

かけ忘れた、そう思いました。鍵をかけた記憶がないんです。それに、私のロッカーはロックが甘くて、きちんと鍵をかけても引手のところを強く叩いただけで開いてしまうんです。

よくあることです。それなのに、なぜか胸騒ぎがしました。

私はバッグの内ポケットを探りました。

的中。ネックレスはなくなっていました。

＊

胸騒ぎがした理由、そのときはよくわからなかったんです。

でも、あとから考えてみると、あのとき、自慢たらしくネックレスを見せびらかした自分に対する、冷ややかな感情が流れていたのを、私も察知していたような気がします。

そりゃ、あのころはみんな表面上とはいえ親しくしていたわけですし、口先では褒めるようなことを言ってくれました。うらやましがってもくれました。でも、本音は違いますよね。

「男からあんな安物をもらって、嬉しいのかね」

「彼女の恋人って、お金ないんでしょう？　ずいぶん貢いでるみたいだもん」

「正規のお店で買ったんじゃないな。中古をオークションで買ったのかもよ」

そのくらいの悪口は言っていたのかもしれません。

誰の感情？

菊村さん？　それとも萩野さん？

いろいろ疑いはしました。だけど、そのとき、私は真中さんのことはまったく考えなかったんです。真中さんに対しては、苛つくことは確かにあったけど、彼女から厭味や当てこすりを言われたことはないですし、誰かを中傷するような言葉も聞いたことがありません。

けれど、菊村さんや萩野さんは、そうじゃありませんでした。

＊

私は、ネックレスがなくなったことを、すぐにみんなには話しませんでした。

自分の不注意のせいだ。そう考えるしかない。身近な「誰か」が盗んだのは確かなのだから、大騒ぎはしたくなかったんです。

でも、誰なんだろう。

それを知るのも、追及するのも、怖かったんです。だって、いつも笑って話している「誰か」が犯人なんですよ。

でも、けっきょくは言いました。

「ねえ、私の腕時計を見かけなかった？」

一週間くらいのち、萩野さんがそう言ったからです。

「夜勤の前、確かに外してしまっておいたと思うんだけれど、朝見たらなくなっているのよ」

自分のネックレスもなくなったのだと、思わず口に出しちゃったんです。

「泥棒がいるのかしら」

萩野さんが呟きました。

「厭ですねえ」

私は頷きました。意外でした。萩野さんの時計もなくなったというなら、犯人は萩野さんではない。

となると、菊村さん？

「ロッカーの鍵はかけた？」

心配そうに萩野さんに声をかけていた、萩野さんといつもお神酒徳利みたいに親しくしている、菊村さんが犯人？

どうして？

「他人のものに手を出すなんて、まともじゃない」

萩野さんが、ゆっくりと言いました。

「かなり異常な人間よね」

妙な気がしました。萩野さんは、その言葉を、菊村さんに言い聞かせているように見えたんです。

どうして？


肌に粟が生じるような、厭な感じ。

*

そう、私は、菊村さんが犯人だと、ほとんど信じかけていたんです。

「菊ちゃん、負けず嫌いだし、やたら他人の持ちものを気にするところがあるからね」

萩野さんがそんなことを口にしていました。

「菊ちゃんの旦那、ギャンブラーだしね。家計も楽じゃないみたいだから、よけいにそうなっちゃうのかもね」

萩野さんも、はっきりとは言わないけれど、菊村さんを犯人だと考えているんじゃないか。

私はそう思っていました。

だからその後、菊村さんが、携帯電話を失くした事件があったと聞いて、意外だったんです。

「トイレの便器に棄てられていたの。ひどいよね」

そのことは、事件の翌日、ロッカールームで着替えをしているとき、萩野さんから聞いたんです。

「患者さんに教えられて、私が見つけたんだけどさ。菊ちゃん、顔面蒼白(そうはく)になっていた」

萩野さんは、いささか興奮した様子で、まくし立てていました。

「昨日は菊ちゃん、真中さんなみにいろいろやらかしちゃっていたし、私も巻き添えを食ったからね。さんざんな一日だったな」

「厭なことが続きますね」

私は溜息をつきました。

「ネックレスを盗った犯人と同じなのかな」

「でも、菊ちゃんの場合は、すぐに見つかったんだもの。蓮沼さんの場合とは違うよ」

「ですね」

私は、あれ、と呼吸を止めました。

萩野さんの腕に巻かれた、時計。

「盗まれたんじゃなかったんですか？」

萩野さんは、私の眼を見返しました。

「え？」

「時計ですよ」

盗まれたという時計と似たようなデザイン、いや、同じじゃないかな。

「同じものよ」

萩野さんが、私の心を読んだかのように、答えました。

「新しく買ったの」

「そうですか」

私はそれ以上追及しませんでした。

お気に入りの品なら、同じものを新たに買い直すのは、不自然じゃありません。

けど、もやもやしたなにかが胸に残ったのも確かです。

気のせい？

ネックレスを盗まれた、あのあとから、私は少しずつ、菊村さんとは距離を置くようになっていました。そして、電話の事件を聞いて、萩野さんの時計に気づいてからは、萩野さんともそれまでどおりには話せなくなっていきました。

萩野さんは、本当に時計を盗まれたのでしょうか？

菊村さんの電話にいやがらせをしたのは、同じ犯人なのでしょうか？
＊

それから、杉内主任のチョコレートの件がありましたね。

「棄てるなんて、ひどい。私のときと同じだよ。きっと同じ犯人だ」

菊村さんが大騒ぎをしていました。

ペットボトルの中のスポーツドリンクの臭いがおかしい、と言ったのは、萩野さんでした。

「台所用洗剤みたいな臭いだった。飲もうとしたところで気づいたからよかったけれど、うっかり飲んだら体調を悪くしたかもしれないね」

＊

私は、それを耳にして、すぐに自分のお茶を棄てました。

誰かが、確実に、他人を傷つけようとしている。理由はわからない。ただ、誰かに危害を加えようという目的で、動いている。

気のせい？

三

私は、どうして、ネックレスを盗まれたんだろう？

品物自体が欲しかったとは思えない。そんなに高価な品じゃないですしね。

私へのいやがらせ、意地悪、だと思うんです。理由は何なのか。もちろん、私が浮かれていたのが気に食わなかった、というのもあるんでしょうけど、それだけじゃない気がするんです。

ひとつ思い当たるのは、あのカンファレンスです。

病棟で、八十代の女性、Sさんが、末期の胃癌で亡くなられました。真夜中でした。夜勤の萩野さんがご家族に連絡をとったんですが、そのことがあとでトラブルになってしまったんです。

菊村さんから聞きました？　そう、息子さんに連絡をしたら、約束が違うと娘さんが激怒した。真中さんがご家族間の問題を、私たちに伝えていなかったことが原因でした。

「Sさんの娘さんの件、どうして私たちに言わなかったの」

杉内主任に訊かれて、真中さんはうなだれていました。

「うっかりしていました」

菊村さんが鋭い声を上げました。

「うっかり?」

「みなさんに話そうとは思ったんです。でも、あんなに急にSさんの容態が悪くなるとは考えていなかったんです。もう少しあとで話しても間に合うと思って、つい延ばし延ばしにしてしまいました」

真中さんは、聞いていてじりじりするほど、のろのろと弁解します。でも、彼女だけの問題じゃないとも、私は思いました。

真中さんは、私たちに伝えようとしていなかったわけじゃないんです。言おうとはしていたんですよ。

だけど、真中さんがなにか言おうとすると、決まって菊村さんが遮るんです。

「で?」

って、いかにもぎすぎすした口調で吐き棄てる。

「なにが言いたいのかわからない」

むろん、菊村さんからどう毒づかれても、それがみんなに伝えるべき事実を伝えなかった言いわけにはならない。言うべきことはちゃんと言わなければならない。真中さんが悪くないわけじゃない。ただ、彼女だけの責任ではないと思ったんです。

「ご家族の問題はさまざまだから、どう判断すればいいかは難しいことなんだけれど、だからこそ、ああいう微妙な情報は、みんなで共有すべきだったよね」

杉内主任は、穏やかに諭します。

「責任も取れない、中途半端なくせして、患者さんの家族に立ち入るからいけないんじゃないの」

菊村さんが噛みつきます。

「今度のことは、真中さんに配慮が足りなかったと思う」

萩野さんも、冷たく言い放ちました。

「わたしは、立ち入ったつもりはありません。むしろ、Sさんのご家族、それぞれの方々の立場やお気持ちを思ったからこそ、みなさんにもなかなか切り出せなかったんです」

「は？」

菊村さんが、あからさまに嘲笑しました。

「ご立派だわ。どれだけ自分が有能だと思っているわけ、あんた？」

真中さんは、耐えかねたように、声を上げて泣きはじめました。

「泣くんじゃないの。なにも、あなたを責めているんじゃないのよ」

杉内主任がなだめました。

「真中さん、わかったから泣かないで」

私も真中さんを慰めました。本当のところ、そうする気はなかったんです。真中さんばかりが責められるのはおかしいとは感じていたものの、泣くのも大人げないと思っていましたしね。けど、真中さんが私の肩にしがみつくようにして大泣きしているので、慰める立場にまわらざるを得なかったんです。

「菊村さんも言葉が過ぎたけど、あなたのためを思ってのことなんだから」

杉内主任も横からとりなします。その言葉を聞いて、私はかえって腹が立ってきました。

菊村さんは、ここぞとばかりに嫌いな真中さんを罵っただけだ。彼女のためなんか思ってはいない。

「こうやって、真中さんだけを責めて終わらせる。いつもこうなりますよね。それがいけなかったんじゃないですか」

つい、言ってしまっていました。

「真中さんが伝えなかったのもよくないけれど、私たちも聞く努力はしなかったじゃないですか」

真中さんの問題点はわかっていたんだから、私たちはもう少し踏み込んで彼女から話を聞く努力をしなければいけなかった。それを怠っていたのは間違いないんです。

「だって、Sさんには真中さんがべったりで、私たちが入り込む余地はなかったじゃない。」

菊村さんが眉を上げて言い返します。

「作るべきでした。真中さんだけじゃなく、私たち全員で余地を作るべきだったんです」

「そうね」

杉内主任が頷きました。

「Sさんのことは、私たちみんなが真中さんに任せすぎていたのは確かね。蓮沼さんの言うとおりだわ」

みんなで考えて、改善しましょう。

杉内主任が締めて、カンファレンスはそれでおしまいでした。

ひとつ、思い出しました。

「事件」の被害者のひとりと言われている、糖尿病の柳沢はる子さんが入院されているころだったかな。はっきりとは覚えていませんが、その前後だったと思います。

お見舞いに来たらしい男性に、おかしな話をされたことがあるんです。

「おたくの看護師さん、大丈夫？」

廊下を歩いていたら、不意に言われたんです。

「大丈夫、とは？」

「今さっき、看護師さんが、ひとりでぶつぶつ誰かを罵っているのを見たんですよ。怖い怖ーい声でしたよ。あのひと、どこか病んでいるんじゃありませんか。心配になっちゃった」

男性は、不安そうにきょろきょろ周囲を見まわしていました。

「おれの母親が入院したばかりなんですよ。大丈夫かな」

「きっと、疲れていたんです。たまたまです」

そんな風に答えるしかありませんよね。

「私だってひとり言、よく出ちゃいますよ」

「だいぶストレスが溜まっているんじゃないかな。悪魔みたいな声でしたよ。本当に大丈夫ですか」

落ち着かない様子の男性に向かって、私は頷いてみせました。

「ひとり言でストレスを発散しているんです。大丈夫です」

悪魔？

馬鹿馬鹿しい。いい年齢をして、へんなことを言う男だな。

あのときはそう思って、忘れるともなく忘れていたんです。

でも、今になれば、馬鹿馬鹿しいとも言いきれない気がします。

四

記者さん、菊村さんから、そのことは聞いていませんでしたか？

柳沢さんについて話し合いたい、と言い出したのは、意外なことに、真中さんだったんです。あとで杉内主任から聞きました。

「柳沢さんは、私たちが苦手だったと、ご家族から聞きました」

切り出したのは、杉内主任でした。真中さんには無理なので、話をしてくれるよう杉内主任に頼んだんでしょうね。

「苦手、というより、私たちの誰かにひどく怯えていたという話なの」

柳沢さんが、怯えていた？

ほかのひとは知りません。私が感じたのは、困惑でした。

「そんな風に感じさせてしまった、心当たりがあるひとはいる？」

柳沢さんへの言葉、態度のひとつひとつを、私は思い起こしました。話がしやすいとは言えなかった柳沢さん。よく眠れない、腰が痛い。訴えかけてくる不満のすべてをやんわり受け止めたとはいえない。ときには冷たい応対だと感じさせることもあったかもしれない。

けれど、怯えさせるほどではなかったのではないか。

「柳沢さん、だいぶ神経質なひとでしたからね」

菊村さんが言いました。

「お年寄りだし、何でも悪く取っちゃうところがあったんじゃないですか。もちろん、そんな風に思われてしまった私たちも反省するべき部分はあるでしょうけど」

いかにも、被害妄想だ、と言わんばかりの口調でした。

そのとき、私は気づいたんです。

いつも、彼女たちが笑い合っていた、患者さんへの意地悪。菊村さんや萩野さんは、柳沢さんに対してもしていたんじゃないかな。

「違うと思います」

返したのは、真中さんでした。

「ほかの患者さんからも、似たようなお話を聞いたことがあります。気のせいではありません。明らかに失礼だったり、横暴だったりすれば、患者さんには伝わります。柳沢さんも同じだったんだと思います」

言ったな。

私は内心、感心していました。

真中さんにしては、よく言えたものだ。これは、はっきりと菊村さんや萩野さんに対する批判じゃないか。

「失礼なことも、横暴なことも、していません」

萩野さんの静かな声がしました。

「するわけがありません。私たちは看護師なんですよ。そうでしょう？」

「そうよ」

菊村さんも、尖った声を出しました。

「誰かが柳沢さんにひどい態度をとって怯えさせた。そう言いたいの？　誰かがそんなことをしたという証拠でもあるの？」

「でも」

真中さんは、弱々しく言いました。

「柳沢さんが怖がっていたのは事実です」

ああ、と私は嘆息しました。

真中さん、もう負けたか。しょうがないか、真中さんだものな。

「誰がどうしたこうしたじゃなくて、チームの問題でしょう」

杉内主任が仲裁するように言葉を挟みました。

「柳沢さんに関しては、そういう事実があったということ。今後、みんなで注意した方がいいでしょうね」

カンファレンスは、そこまででした。いかにも中途半端。ただ、真中さんは、私より勇気があったと思います。曖昧な形であれ、菊村さんや萩野さんに釘(くぎ)を刺したんです。

それがいけなかったんでしょう。その後、菊村さんも萩野さんも、真中さんをほぼ無視するようになりました。聞こえよがしな悪口もひどくなりました。

真中さんが、E病院を辞めると聞いたのは、それからほどなくでした。

*

実は、私も、E病院を辞めるんです。

さっきも少し言いましたけど、菊村さんとは完全に断交状態ですし、萩野さんとも変な感じですしね。真中さんの噂もあって、何だか疲れてきてしまいました。

私、後悔しているんです。

柳沢さんのカンファレンスのとき、私は言うべきでした。

いつも、菊村さんや萩野さんが、笑いながら話していることを、その場ではっきり問題にすべきだったんです。

杉内主任のような建前、チームの問題で済ませてはいけなかった。いったい誰が、柳沢さんにどんな真似をしたか、証拠はなくとも、究明する努力をすべきだった。

私がそれをしなかったのは、ことを荒立てたくなかったからです。正直に言えば、菊村さんや萩野さんとはっきり敵対するのが怖かったんです。

今になってみれば、間違いだったとわかります。あの日、私が沈黙していたせいで、真中さんはE病院を辞めざるを得ない空気になってしまったし、その後は「事件」の犯人にされてしまった。

真中さんには、申しわけない気持ちばかりです。

沈黙したところで、同じでした。こうして、菊村さんとも萩野さんとも、けっきょくはうまくいかなくなっている。

このあいだも、高齢の患者さんが亡くなったんです。このままE病院にいると、次は私があの患者さんを殺したという噂がインターネットで広まるかもしれない。警察に密告の手紙が届くかもしれない。そんな風に考えてしまうようになって、本気で怖くなってしまったんです。

もう、看護師長には話をしてあります。次の病院？　まだはっきりとは決めていないんです。

少し休んでから、考えます。

菊村さんや萩野さん、私がいなくなったらせいせいするでしょうね。でも、次に来た看護師さんにも、けっきょく同じような真似をするんじゃないでしょうか。彼女たちに染まらない限りは。

＊

記者さん。

実際、あなたはどう思います？

あなたは、真中さんがやったことだと、本当に思いますか？

第六章　栗林(くりばやし)明里(あかり)

一

わざわざお時間を取ってもらって、すみません。

あなたは、週刊誌の記者として「まなちゃん」の行動を調べているんですよね？　あなたのことは、信次(しんじ)くんから聞きました。ええ、笹本孝輝(ささもとこうき)の弟の信次くんです。

E病院の看護師さんで、孝輝を覚えていたひとがいたそうですね。孝輝が胃潰瘍(いかいよう)で入院していたとき、担当看護師のひとりだった「まなちゃん」と知り合って、親しくなったことをお聞きになったそうですね。

私は、孝輝の恋人でした。「まなちゃん」が原因で、私と孝輝は別れたんです。憎んでも飽き足らない恋敵だったわけです。もっとも、私は「まなちゃん」の顔はもちろん、本名さえ知らない。ただ、孝輝が彼女を「まなちゃん」と呼んでいたこと、正確に言えば「まなちゃん」という名で電話に登録をしていたことしか知らないんです。「まなちゃん」は、身内のひとに、孝輝と「結婚をする予定」とまで話していたんですか？　へえ。

で、その身内のひとは、孝輝のその後を知っているんですか？

知らなかった？　ですよね。ええ、悲劇です。けれど、それで「まなちゃん」と孝輝が結婚できなかったわけではありませんからね。

あなたは「まなちゃん」には、複数の入院患者に危害を加えたという疑惑があると、信次くんに説明をしたでしょう。それを聞いて、信次くんにも私にも、思い当たることがあったんです。

それで、信次くんから、あなたの名刺をもらって、連絡をしたんです。本来なら、信次くんもこの場で一緒にお話ができればいいんですが、今の時期はどうしてもお店を抜けられないみたい。お彼岸で忙しいんです。彼が経営している生花店は、墓地の近くにありますからね。

今から私がお話しすることは、信次くんや私の邪推に過ぎない部分もあるかもしれません。でも、あなたが調べていることの参考にはなると思います。

孝輝のこと、話させてください。

＊

三年ほど前の夏、孝輝はE病院に入院しました。原因は胃潰瘍です。

「このごろ、どうも胃が痛い」

「胃がもたれる」

とは、しょっちゅうこぼしていたんですが、私はあまり心配していなかったんです。だって、そんな風に言っていながら、一緒に出かけてお店に入ればこってりした料理を頼むし、ビールも飲むし焼酎も飲むんですよ。

「胃もたれはどうしたの」

訊くと、けろりとして答える。

「なおった。食って飲めばおさまるみたいだなあ」

もともと、孝輝はいつだって「痛い」「つらい」が口癖でした。仕事から帰れば「一日じゅう調子が悪かった」「だるい」。軽い登山に誘えば「膝の裏を傷めた」「筋肉痛がひどい」。海水浴へ行けば「くらげに刺された」「日焼けで背中の皮膚がかぶれた」。川辺でバーベキューをすれば「グリルで火傷をした」「煙が眼に入って涙が止まらない」「煙を吸いこみ過ぎて咽喉が痛い」。常にどこかを悪くしている面倒なひとなんです。けれど、決して大ごとじゃない。ちょっとだけ傷あり、みたいな感じ。

だから、アルバイト先のトイレで血を吐いて、すぐさま病院へ直行、入院した、と信次くんから連絡をもらったときは、びっくりしました。

ちょっとどころじゃない。今回は本当に一大事だったんだ。

私は、勤め先を早めに上がらせてもらって、E病院の内科病棟へ駆けつけました。

四人部屋の、廊下側のベッドの上に、孝輝は寝かされていました。点滴やら心電図やら尿道管やら、体中に管が刺さっているようで、痛々しかったです。

「大変だったね」

それしか言葉が出ませんでした。

「驚いたよ。二日酔いで気持ち悪いのかと思ったら、真っ黒な血が出てさ。しばらくトイレの便器に突っ伏したまま動けなかった」

孝輝本人はわりに元気なようでした。二日酔いということは、またお酒を飲み過ぎたんだな、という点に引っかかりはしたものの、ひとまず安心はしたんです。

「最初の病院へはタクシーで行ったんだ。そこからE病院へ救急車で運ばれてさ」

「お金は大丈夫？　入院の保証金は払った？」

「信次に頼んだ」

「信次くんは？」

「店があるからって、さっき帰った。あいつにも迷惑かけちゃったなあ」

信次くんは、孝輝の三歳齢下ですが、孝輝よりずっとしっかり者なんです。孝輝が大学二年生、信次くんが高校二年生のとき、二人のお父さんは交通事故で亡くなっています。お父さんは花屋さんだったんですが、お店の跡を継いだのは信次くんでした。

「ここ二、三年、いろいろあったからなあ」

孝輝はしみじみと呟きました。

「俺の精神状態も躰も限界だったのかもしれないな」

「そうだね」

私は頷いておきました。確かにこの二年間、孝輝にはさまざまなことがありました。ちょうど二年前、孝輝と信次くんのお母さんは胃癌で亡くなっていたんです。お葬式では私もいくらかお手伝いをしました。喪主である孝輝がぼんやりしていてなにもしなかったので、お寺や葬儀屋との交渉も法律的な手続きも、信次くんがひとりで処理したんです。

それまではお母さんと兄弟三人で暮らしていたんですが、住んでいたマンションを引き払って、兄弟はそれぞれ別に住むようになりました。マンションを売ったり財産分与の手続きをしたりしたのも、信次くん。孝輝はただ言われるままに従うだけ。

精神的にはともかく、肉体的にはどうなのかな。あんた、あんまり動いていないじゃないの。

突っ込みたい気はしましたが、いくら何でも、こうして実際ベッドの上で苦しんでいる孝輝に向かって、そんなことは言えません。

「仕事でもいろいろあったしな」

孝輝の言葉に、私はまた頷いてみせます。

「そうね」

お母さんが亡くなって間もなく、孝輝は勤めていた印刷会社を辞めていました。上司と合わなくてつらい、という愚痴はさんざん聞かされていたんですが、ついに限界に来たようです。お母さんの死の衝撃もあって、感情的に耐えられなくなったのかもしれません。理解はしたいと思いました。けれど、次の就職先も決めないうちに辞表を出してしまったのだから、私もやさしい顔はできませんでした。

これからどうする気?

訊いても、考えている、とか何とか生返事をするばかり。半年ほどハローワークに通っていたのですが、なかなか次の就職先は見つからず、近所のコンビニエンスストアで夜勤のアルバイトをはじめたんです。

「司法書士の資格を取る。そのための準備期間にしたい」

それが孝輝の言いぶんでした。私も、大学を出ていったん就職した会社を辞めて資格を取り、現在の職業に就いたのです。理解はしたいと思いました。

でも、孝輝は、あんまり熱心に勉強をしているようには見えなかったんです。試験をなかなか受けないで、しょっちゅうゲームをしたり、お酒を飲んだりばかりして。息抜きだよ、と孝輝は弁解するんですが、いつ本気で息を詰めているんだって感じでした。

精神状態が限界なのは、私だって同じかもしれないよ？

「胃カメラで見たら、胃の中が血でいっぱいだってさ」

孝輝はうっすら笑いました。なぜだかちょっと嬉しそう。

「手術をしなきゃいけないの？」

「今どきは手術までしなきゃならない胃潰瘍は少ないんだそうだ。たいがい止血で済むんだよ」

「うん」

「やっぱりお酒の飲み過ぎなんだよ。お酒はやめなきゃ駄目だよ」

孝輝はさすがに神妙な面持ちでした。

「当分は控える」

孝輝は内視鏡で注射をして止血をし、手術はしなくて済みました。

「でも、もう一回胃カメラを飲まなきゃいけないみたいだ。生体検査のために潰瘍を切り取るとかでね」

次の日、お見舞いに行ったら、孝輝はそう言いました。

「仕事、忙しいんだろう？」

「まあね」

「帰っていいよ」

そのときはあまり気にしなかったんですけどね。あとになって考えてみると、孝輝の態度はすでにあの時点でどことなくおかしかったんです。

「疲れた顔をしている。帰りなさいよ」

「今さっき来たばかりじゃない」

「ここへはあまり来なくていいよ。どうせ俺は管をつけてベッドに縛りつけられてるだけだ。食いものを差し入れてもらうってわけにもいかないんだしさ」

「そりゃそうだろうけど」

「帰りなよ」

早く帰そう、帰そうとするんです。そのうえ、私がいるとき、病室に看護師さんが入ってきたんですけど、孝輝はぴったり口を閉ざしてしまった。

そのとき病室に来た看護師さんが「まなちゃん」であったかどうかはわかりません。顔も覚えていません。あんまり若くはなかったな。

きっと、私が恋人だと、看護師さんたちに知られたくなかったんでしょう。

＊

孝輝に言われたせいもあって、入院期間中、私がお見舞いに行ったのは、最初の二日間と、退院間際の一日だけです。私はペットサロンでトリマーをしているんですが、同僚がひとり辞めてしまったばかりで、ちょうど忙しい時期だったんです。

いいえ、違うな。

孝輝と私は高校の同級生でした。ちゃんとつき合いはじめたのは大学生になってからですけど、十年以上もお互いにお互いを見てきている。正直なところ、だいぶ気持ちが冷めていたところはあったんです。

私はアパレル関係の会社に勤めてから、トリマーの専門学校に通って、今の仕事に転職したんです。私たちのあいだで結婚の話がまるきり出ないわけじゃなかったけど、孝輝の方はさっきも言ったとおりお母さんの病気もありましたし、会社でうまく行かなくてぐずぐずしていて、何となく先延ばしになっていた。そのうちお母さんが亡くなり孝輝が失業してみると、私にしては迷いがあったんです。

私、本当にこのひとでいいのかな。

気が短くて、すぐにカッとなってしまう私に対して、孝輝はいつもおっとりのんびりした、穏やかな性格でした。そこはいいところだったし、好きでした。でも、のんき過ぎるひとでもあった。このご時世に、次の職も決めないで会社を辞めちゃうなんて、無茶ですよ。自分ではそうは言っていなかったけれど、信次くんのお店の経営が順調だったので、いざとなれば信次くんを手伝えばいいという甘えがあったんだと思います。もともと自分が継がなかったのは「朝が弱いから、花屋は無理だ」なんて言っていたくせにね。そういう部分は、男として、兄としてどうなの、と歯がゆかった。別れるつもりはなかったけれど、不満はたくさんあったんです。病気で倒れた孝輝に対して、あまりやさしい気持ちになれなかった。

でも、孝輝の方でも、私に対していろいろ不満があったんじゃないかな。

孝輝が「まなちゃん」と親しくなってしまったのは、そのせいだったのかもしれません。

二

孝輝は、退院してから「まなちゃん」と会うようになっていました。

わかった理由？　簡単ですよ。孝輝の電話に届いた「まなちゃん」からのメッセージを見ちゃったからです。名前もそのまんま「まなちゃん」で登録されていましたしね。

「今日はめんどくさい患者ばかりでくたびれちゃった。こうくんに会いたいな」

こんな文章でしたから、誤解のしようもない。これぐらいわかりやすい「浮気」の証明もないですよ。

「なにこれ」

って、孝輝に電話を突きつけてやりました。

「え」

孝輝は眼をぱちぱちさせながら、絶句しました。

「誰なの？」

「友だち」

「馬鹿言うな」

私の声が尖りました。

「本当だ。ただの友だちだよ。明里にだって男の友だちはいるだろう？」

「いる」

「こいつはどういう関係で、こいつは誰だとか、いちいち俺に説明しているか？」

そこを衝かれれば弱くはあるけれど、認めるわけにはいきません。

「私はみんなあんたに話しているよ」言いきりました。「こそこそ連絡もしないし、会ったりもしていない」

さらに駄目押し。

「そんなの、裏切りだし、浮気じゃないの」

孝輝は、ぐっと詰まりました。

「俺が無神経だったかもしれないな」

私は無言で頷きました。

「けど、本当に友だち以上の関係ではない。入院したとき、いろいろお世話になったひとなんだ」

孝輝は早口になりました。

「やましいことはなにもないんだ」

それ以上やましいことなんて、あるでしょうか？

「私に隠れて会っておいて？」

「このひとに、私のことは話したの？」

孝輝は、すぐに返事をしませんでした。

「自分には恋人がいるって、彼女にちゃんと伝えたの？」

「……うん」

「嘘でしょう」

孝輝はまた黙りました。

「ほらみなさい。それが浮気だって言うのよ」

私は声を荒らげました。

「もともと下心があったから、私の存在を隠したんでしょう」

「違うよ」

孝輝は弱々しく応じました。

「違わない」

「明里をそんなに怒らせるつもりはなかった」

あ、話をすり替えやがる気だ。私はますます苛立ちました。

「私が怒るとか怒らないという問題じゃない。あんたの気持ちと行動の問題でしょう」

「気持ちは、だから友だちだ。退院するとき、向こうから食事でもしないかと誘ってきたから、断り切れずに会った。食事をしただけだ」

「どこで」

「え」

孝輝はきょとんとしました。

「どこのお店で食事をしたの？」

孝輝は、あるイタリアンレストランの名前を挙げました。はらわたが煮えくり返るようでした。

私の去年の誕生日に、二人で行った店だったんです。

「おごったの?」

「どうだったかな」

孝輝は視線を泳がせました。とぼけるんじゃないよ。

「おごったんでしょう」

「それはさ、いろいろ世話になったわけだしね」

「入院患者のお世話をするのは『まなちゃん』のお仕事じゃないの。当たり前の話でしょう」

私は最大限の厭味を込めて言いました。

「男だし」

「は?」

「俺は男だから、おごるべきだろう?」

なにを言っているのか。そりゃ、誕生日には払ってくれたけど、私と食事に行くときはいつだって割り勘じゃないか。いや、私がおごることだって珍しくない。それが、その女に対してはいい顔をしてみせている。

私には見せない、よそ行きの「男」の顔をしているわけです。そして私と行った店に、知らない女を連れて行った。

許せない。

その夜、孝輝は、もう二度と彼女には会わないと、私に約束しました。

「ごめん。実は恋人がいる。もう会えない」

私が見ている眼の前で、彼女にメッセージを送らせました。

それで済めば許すつもりだったんです。

＊

そうはなりませんでした。

孝輝は、それからも「まなちゃん」と会っていたんです。

あのあとは、私は毎日みたいに孝輝と会ったし、孝輝の電話をチェックするようになったんです。一ヵ月ほど「まなちゃん」からの連絡はなかった。問題はないように思えました。

それで、ちょっと油断したのがいけなかったんですね。

孝輝のやつ、いつの間にか、もうひとつ電話を持って、そこから「まなちゃん」と連絡していたんです。

いずれにせよ、そこまですれば、完全に浮気。言い逃れはできませんよね。

私も、さすがに孝輝の持ちものをぜんぶ調べたりはしませんもの。電話さえ見つからなければばれっこなかったんです。

それが、なぜばれたかって？

あるとき「まなちゃん」からのメッセージが、孝輝のもともとの電話に入ってきたからですよ。

「昨日も楽しかった」

って内容のもの。私と会っているさなかにね。ええ、今から思えば「まなちゃん」は、わざとそうしたんでしょうね。私にばれるよう、狙ったんでしょう。もちろん孝輝は咄嗟に電話を隠そうとしましたけれど、私がそれを逃すはずはありません。

「見せて」

孝輝はしぶしぶ電話を私に渡すしかなかったんです。

「どういうこと？」

私は訊きました。

「さあ？」

とぼけようとはしていましたけどね。顔面蒼白。眼がうつろでした。

「なにか勘違いしているんじゃないかなあ」

「ふざけるな」

また、追及と言い逃れの繰り返しです。でも、けっきょく孝輝は隠しきれる男じゃなかった。もうひとつの電話のことも、「まなちゃん」と会っていることも明かしてしまいました。

もう「まなちゃん」と会うなと、私は言いませんでした。

「よくわかった。もうあんたとは会わない」

こんな男、自分から見切りをつけてやる。

その決断をしたんです。

三

十年以上つき合って、別れるときはこんなものなのかな。

しばらくは脱力していました。考える元気も出ない感じでしたね。昔からの友だちに愚痴をこぼす気にもなれなかった。

ただ、仕事をする。同僚やお客さんと話す。元気はないのに、元気なふりをして、毎日をやり過ごしていました。

いつも当たり前みたいに連絡をしていた相手がいなくなるって、本当に堪えますね。

孝輝と別れる話をしてから、二週間も経ったころかな。信次くんからメッセージが来たんです。

会って、食事でもしないか、という誘いでした。

どうしたかって? 会いました。会いたかったし、話がしたかったんです。信次くんなら、私のことも孝輝のこともよく知っている。現在の気持ちを話すなら、信次くんしかいないと思ったんです。

信次くんは、今度の一件を知っていました。孝輝から聞いて、それで心配して連絡をくれたんです。

「兄貴も反省していたよ」

「反省?」

私は、鼻先で笑っていました。

「信じられるわけがない」

落ち込んではいましたが、だからといって孝輝ともとに戻れるとは思っていませんでした。

「そうだよな。兄貴が悪いよ」

信次くんと話をしていると、あたたかい気持ちになれました。

＊

会わなくなって半年くらい過ぎたころ。

孝輝から頻繁に着信があるようになったんです。

着信履歴が入っていても、かけ直しはしませんでした。長い半年のあいだ、毎日毎日、凹みながら過ごすうち、孝輝は私の中でどんどん「別れた」過去の男になってきていたんです。

痛くないといえば嘘になるけど、ぜったいに許せはしない。受け入れない。

だから、ずっと無視をしていました。

でも、孝輝のやつ、しつこいんですよ。

うんざりして着信拒否をしたら、今度は番号非通知の電話がかかってきました。ぜったいに孝輝だとわかってはいたけれど、根負けして出たんです。

「誰？」

「俺」

孝輝の声でした。

「どこの俺さん？」

「厭味を言わないでくれよ。忙しい？」

「忙しいよ」

私は思いっきり不機嫌な声を出してやりました。

「暇な時間ない？　いや、今日じゃなくていいんだよ」

「なくはない。けど、あんたにあげる時間はない」

「まだ怒っている？」

「当たり前じゃないですか？」

　わざと丁寧語を使って答えてやりました。

「話したいんだ」

「私は話したくないんです。切るよ」

「待ってくれよ」

　問答無用。切ってしまえばよかったのに、私もそこは甘かったというか、気になったんですね。孝輝の話というやつが。

「何なの？」

「彼女のことなんだ」

「聞きたくない」

　やはり電話を切ってやればよかった。けど、孝輝は口早にこう言ったんです。

「彼女は、俺のことを好きじゃない」

「へえ？」

　怒るというより、私はあきれていました。なにを言い出すのか、この男。

「彼女は結婚がしたいんだ」

「したら？」

私の声は冷たかったと思います。

「言っただろう。彼女は俺を好きじゃない」

「好きじゃない男と結婚なんかしたがらないでしょう？」

「したいんだ。結婚だけがしたい。相手は俺でも誰でもいい」

「だったらほかの男を探せばいいのに。『まなちゃん』は、そんなにもてなさそうな女なわけ？」

孝輝は口ごもりました。「どうだろう」

「不細工なの？」

「いや、そんなことはない。顔立ちは悪くない方だと思う」

「ほほう」

別れた女に向かって、その原因となった女の容貌を褒める。いい気分がするはずはないです。

「美人なわけだ。問題ないじゃない」

「美人とまでは言わないよ。普通、いや、普通よりはいいかな。俺は嫌いじゃない顔だけど」

そうかい。そうだろうよ。だから手を出したんだものね。

「性格はいくらか変わっている」

「そうですか、そうですか」

厭味ったらしく相槌を打つ以外、なにも言葉は出ませんよね。

「お二人でうまくやればいいじゃない。ごちそうさま。切るよ」

「待ってくれ。そうじゃないんだ。どう言ったらいいのかな」

孝輝の声は必死でした。

「うまくはやれそうにない。彼女は俺と一緒にいても、俺のことなんか気にしていないんだ。食事に行っても料理の写真ばかり撮っているし、誰かとメッセージのやりとりばかりしている」

まあ、このごろは、そういう型の女も珍しくはないかもしれませんね。恋人といようが友だちといようが、お構いなしでほかの誰かに向けて情報を発信する。だからといって、恋人や友だちを蔑ろにしているつもりもない。愛情がないとは言いきれないですしね。

「話すことだって、自分の愚痴ばかりだ。同僚の看護師や患者の悪口」

それを言われると、私も居心地が悪くなります。

孝輝と別れる少し前は、私も似たようなものだったな。職場の不満や日々の鬱憤。自分の言いたいことしか言っていなかった。孝輝に対して気を遣って、話題を選んだりはしなかった。二人でいることに慣れ過ぎていたせいで、相手への思いやりを忘れていたような気がする。

「しかも、ただの愚痴じゃない。面倒くさい患者に睡眠剤を余分に飲ませたとか、態度の悪い患者に胃薬と偽って下剤を飲ませてやったとか、気に入らない同僚の飲みものに洗剤を入れてやったとか、物騒なことを言うんだ」

「本当に？」

さすがに耳を疑いました。ほとんど犯罪じゃないですか。

「うん。でも、さすがになあ」

孝輝の口調は自信なさげでした。

「たぶん冗談だ。笑いながら言っていたし。冗談のつもりなんだろうけど、笑えない」

「冗談にしても、性質（たち）が悪いね。実際に看護師さんなんだし、洒落にならない」

「だよな」

少し沈黙してから、思いきったように孝輝が言いました。

「お願いがあるんだ」

「なによ」

「彼女に会ってみてくれない？」

「はい？」

この男、馬鹿なんじゃないの、と思いました。

「どうして私が」ゆっくりと言ってやりました。「あんたの新しい恋人に会わなきゃいけないの？」

「会ってみて、判断してほしい」

「なにを？」

「彼女の気持ちを」

だから、何で私が？

「女同士なら、明里にならわかるだろうと思うんだ。彼女がどんな女なのか、なにを考えているのか」

会わなくても、これまでの話から「まなちゃん」がかなり性格の悪い女であることは、想像できます。

会えばもっとわかるかもしれないけど、そんなことをする義理はありません。

「ねえ、私、孝輝の別れた恋人よ？　母親じゃないのよ？」

しかも、別れるに至った直接の原因はその女じゃないか。

「まあ、そうだな」

孝輝は沈んだ調子で応じました。

「無理を言ってごめん。でも、ほかに頼るひとが思いつかなくてさ」

「飲み友だちがいるじゃない」

「連中に女を見る眼はないよ。ナースだ、看護師だ、白衣の天使だっていやらしい興味で喜ぶだけだ」

なるほどね。女を見る眼がない、というより、女を見る眼しかない。人間性は見ない連中なわけだ。

「女の子の友だちは？」

「いない」

「いるでしょう」

「いないよ。明里とつき合っているあいだ、俺は真面目だったよ。そこだけは信じてほしい」

そうだったんだ。「まなちゃん」と会うまでは、ね。

「実は、彼女以外にも連絡先の交換をした看護師さんはいるんだ」

何だと？

「ごめん。今だから言うけどさ」

つまりは浮気する気まんまん。相手が「まなちゃん」じゃなくてもよかったんだ。何のことはない。あんただって「ナースだ、看護師だ、白衣の天使だっていやらしい興味で喜ぶだけ」のお仲間。つまりは類は友を呼ぶってやつだったんじゃないか。今さらながら、孝輝とは別れるほかなかったのかもしれない、としみじみ悟りました。

「で、そっちの看護師さんから連絡はあったの？」

「ない。今の彼女からしか連絡がなかった。だからこういう結果になったわけ」

あきれ返る一方で、いくらか可哀想にもなってきました。

「信次くんはどうなの？」

「あいつは俺に怒っているから無理。明里が可哀想だってめちゃくちゃ責められた」

「ふうん」

この半年、信次くんとは何度も会うようになっていました。私のことを大事に思ってくれているんだな、と嬉しかったです。

それに引き換え、あんたはどうよ、孝輝？

「彼女とは、別れた方がいいような気もするんだ」

「好きにしたら？」

「別れたら、俺たち、やり直せないかな」

私は黙りました。

つくづく身勝手な男だな。たった今、ほかの看護師にも粉をかけていたと白状したその口で、ふざけたことを言うな、という怒りもありました。

けど、なにより強かったのは、それだけはできない、という拒否感です。自分でも意外なくらい、孝輝の言葉は私には受け入れがたかった。

「明里？」

「それは駄目だよ」

「やはり許せない？」

もう、孝輝に情はない。

そう言ったら嘘になる。けれど、これから先、私が一緒にいたいのは、孝輝じゃない。私には、ほかに気になる男性ができていたんです。

でも、そのことは、孝輝には言えなかった。

「あっさり許せるくらいなら、最初から別れるなんて言わない」

それくらい、あんたが好きだったんだよ、あのときは。でも、もう、その気持ちには戻れない。

「そうか」

さらに暗い声になって、孝輝は電話を切りました。

＊

信次くんも、「まなちゃん」の話はいくらか聞かされていたようです。

「兄貴はだいぶ逃げ腰になっているよ」

次に会ったとき、その話題になりました。

「言いわけのつもりなのか何なのか、俺にも彼女の話をするんだ。不安なんだってさ。だったら結婚はするな、避妊はしておけ。そんな風ななりゆきで生まれちゃったら、子供があとで迷惑する、くらいは言ったけど」

信次くんはためらってから、続けました。

「避妊もなにも、彼女とはそういう関係じゃないって、兄貴は言うんだ」

「え？」

私は驚きました。

「どういう意味？」

「つまり、なにもしていないんだってこと」

「だって、彼女は孝輝と結婚したいんでしょう？」

「だからさ、そういう関係は、結婚するまで持ちたくないって、彼女が言ったらしいよ」

唖然としました。そんな女、今どきいるの？

「信じられないだろう？」

信次くんは苦笑していました。

「そのくせ、指輪をやたらに欲しがる。指輪の画像を見せて、これがいいとかあれがいいとか、おねだりをするらしいよ。友だちが持っている指輪より安いものじゃぜったい厭だとか、露骨なんだそうだ」

「ひどいね」

「兄貴は兄貴で、彼女には正直な話はしていないんだよ。仕事のことも、会社勤めだって言っているらしい。彼女も兄貴がアルバイト暮らしとは知らないから、よけいにおねだりも遠慮がなくなるんじゃないかな」

どっちもどっちだな、と私は嘆息しました。

「彼女に愛情があると思える？」

「思えないねえ」

「俺も、やめておいた方がいいような気がする。でも、そうなったら、兄貴は明里さんとよりを戻したがるだろうな」

私は、ははは、と笑って受け流しました。

「どうするの？」

信次くんの表情は真面目になっていました。

「兄貴がそう言ってきたら、明里さんは兄貴と戻るの？」

私も、真面目な顔になっていたと思います。

「戻らない」

私は信次くんが好きになっていたんです。

四

孝輝が死んだ夜。

私は、信次くんと会っていました。

孝輝は、酔っぱらって路上で寝てしまったところを、通りかかった自動車に轢かれてしまったんです。

孝輝の住んでいるマンションからほど近い、大通りから外れた一方通行の裏通りで、深夜には人通りも少ないんですが、抜け道として使う自動車だけは割合に通る道路でした。運が悪かったとしか言いようがありません。孝輝だけじゃない。轢いた自動車の運転手さんも気の毒です。

連絡は、信次くんから受けました。ひどい衝撃でした。

「居酒屋で飲んでから、家まで帰る途中で寝てしまったらしいんだ」

孝輝は、店を出るとき、そうとう酔っていたようです。足もとも覚束ない感じだったと店員が証言していたと、警察のひとは信次くんに伝えたそうです。

居酒屋で、孝輝はひとりではありませんでした。女のひとと一緒だったのです。

「『まなちゃん』？」

「わからない」

孝輝は、電話も持っていなかったのです。私と別れてからは、もうひとつの電話は解約して、もともと持っていた電話だけにしていたようですが、その電話が所持品の中に見当たらない。酔って歩いているうち、どこかへ落としたのか。置き忘れたのか。けっきょく電話は見つからずじまいでした。

孝輝は、まだ、私と信次くんのことは知らなかったと思います。少なくとも、信次くんは話していないと言っていました。

「遅かれ早かれわかることだから、話さなくてはね」

そんな話を、孝輝が死んだその夜にも交わしていたんです。そして「まなちゃん」に困らされている孝輝の現状を冗談にして、笑っていた。

病気が治って、一年足らずだったのに、孝輝はもうお酒を飲み出していた。しかも少ない量じゃなかった。だけど、きっと、病気をしたぶん、以前よりお酒には弱くなっていたんでしょう。だから酔いつぶれてしまった。そりゃ、それまでだって、泥酔して電車の中で寝てしまって、高尾山口駅へ行ってしまったとか、公園のベンチで夜を明かしたとか、いろいろやらかしてはいましたけれど、道路で寝てしまうなんてことはありませんでした。

「気づいていたのかな、俺たちのこと」

お葬式のあとで、信次くんが言いました。同じことを私も考えていました。

「気づいていたから、あんな酔い方をして、あんな風になったのかな」

私たちは、二人とも、罪悪感で打ちのめされたような気分になったんです。

「まなちゃん」は、お葬式には来ませんでした。

でも、孝輝の死を「まなちゃん」に伝える術は、孝輝の電話がなくなっている以上、信次くんにも私にもなかったんです。わざわざE病院へ伝えに行く気にもなれませんでしたしね。

「まなちゃん」の存在が気にかからなかったわけではありませんが、信次くんにしても私にしても、それどころの精神状態ではなかったんです。

＊

孝輝が死んだあと。

信次くんとは気まずくなって、私たちは会わないようになりました。

あなたが話を聞きに来たという知らせは、信次くんからのひさしぶりの連絡だったんです。

「『まなちゃん』のことを調べているんだそうだ」

「どうして？」

「彼女は、ひとを殺したんじゃないかという疑いを持たれているみたいだ」

「どういうこと？」

私たちは、話し合いました。話すうち、罪悪感から底の方に追いやられていた疑問が、ふつふつと浮かび上がってきたんです。

もし「まなちゃん」が、あなたが追っているような罪を犯す人間であるなら、孝輝の死だって、事故ではなかったのじゃないか。

あの夜、居酒屋で孝輝と一緒にいたのは、やはり「まなちゃん」ではなかったのか。

そして「まなちゃん」は、孝輝になにかしたのではないだろうか。

以前「まなちゃん」が孝輝に話したことは、冗談じゃなかったのではないか。

ひょっとしたら、お酒に睡眠薬を混ぜて、ふらふらになった孝輝を路上に置き去りにしたのではないだろうか。

理由？

わかりません。

ただ、孝輝と「まなちゃん」は、うまく行ってはいなかった。信次くんや私が孝輝から聞いた事情を考えれば、それは確かな気がします。

電話も彼女が持ち去って処分したのではないでしょうか。孝輝と一緒にいた証拠を失くすために。


わかっています。

たとえ薬を盛られていたとしても、孝輝はもう灰になって、お父さんやお母さんと一緒のお墓に埋められてしまっています。今さらどうにもならない話です。

だけど、孝輝の仕返しをすることはできますよね。

記者さん。

「まなちゃん」を、徹底的に調べてください。

孝輝は、弱かったし、ずるかったし、よくないところもあった人間です。でも、誰かに命を奪われていいはずはないんです。

このままでいいわけがない。

第七章　稲本亜須香

一

まなちゃんの、幼かったころの話を聞きたいんですか？　どうしてです？

はい。O病院で起こった患者の連続不審死事件は、TVのニュースで見ました。でも、同じようなことがE病院でも起きていた、というのは、記者さんの今のお話ではじめて知りました。

で、そのE病院の事件、まなちゃんに関係があるというんですか？

あるかどうかを調べている？　ふうん。週刊誌の記者さんって、警察や探偵みたいなこともしなくちゃいけないんだ。そのうえ、せっかく苦労して調べ上げても、その記事が必ずしも誌面に載るとは限らない？　そうですよね。みなが必要な情報とは限りませんものね。

残念ですけど、あたしだって、お役に立てないと思います。きっとボツになりますよ。

まなちゃんとは、ずいぶん会っていません。十年以上です。まなちゃんは同窓会にも来たことがないですからね。ご両親の住んでいる家から出てしまったのか、そもそもご両親が今も同じ家に住んでいるかどうかも、あたしは知りません。お互いの住まいは、歩いてたった二十分の距離だけれど、このごろでは通勤に使っているJ駅と家との往復ばかりで、あのあたりには足を向けていないんです。

あたしの話を聞いて、なにがわかるのか、よくわからないですけど、話せというなら話しますよ。

はじめてまなちゃんと会ったのは、小学校四年生になった春のことでした。

＊

三月の終わり。

あたしの一家は、父親の転勤にともなって、引っ越しをした。父親と母親と、二歳上の兄とあたしの四人家族。あたしが物心ついたときから住んでいたのは、S県の海辺の町だった。引っ越し先は東京都内の住宅地である。父親にとっては栄転だったらしい。

「新しいおうちは一軒家じゃなくマンション。今までよりも広いのよ」

新居へと向かう自動車の中で、助手席にいる母親はにこにこ楽しそうだった。けど、あたしはあまり嬉しくなかった。幼稚園のころからの仲良しだったかおりちゃんとお別れしたのが寂しかったし、同じクラスで好きだった竹本くんと離れ離れになってしまったのも悲しかった。

「おにいちゃんにも亜須香にも、それぞれの部屋があるよ」

運転している父親の声も弾んでいた。

「これでよけいな喧嘩はしなくて済むわね？」

母親が朗らかに続けた。母親の言うとおりである。それまでは兄妹一緒の四畳半で二段ベッド。断りなくおれの陣地に入るなだのおれのマンガを勝手に読むなだの、いちいち因縁をつけてくる二歳上の兄とは、しょっちゅうつかみ合いをしていたものだ。

「難を言えば、ベランダが狭いところかな」

「でも、八階だもの。川べりだから見晴らしはいいし、上出来よ」

両親の会話を聞きながら、あたしは考えていた。

おにいちゃんとは、確かに仲が良いとは言えない。ベッドの下段で寝ているおにいちゃんは、何の夢をみているのか、真夜中に蒲団(ふとん)を蹴ってどたんばたん暴れるし、いびきもうるさい。しかし、あたしが怖い夢をみたときは、騒がしいおにいちゃんが真下にいるのは心強かった。ひとりじゃない。おにいちゃんも苦しんでいる。あたしの夢の中にいた、あの怖いなにものかは、きっとおにいちゃんの夢の中に移ったんだ。いいぞ。おにいちゃんがうめきながらのたうちまわるうち、あたしの恐怖は消えていく。存分にやってくれ。

それぞれの部屋？　今後はいったいどうしたらいい。夢の中で、恐ろしいやつに追いかけられたら、どうなってしまうのだ。

その日、あたしの隣りでずっとゲームをしていたおにいちゃんは自動車に酔って、新居のトイレで最初にげろを吐いた。

四月。

あたしとおにいちゃんは、進級と同時に、区立の小学校へ転入した。

あたしは四年一組だった。新学期の初日、今までとは違って、知っている子が誰もいない教室。あたしはひとりぼっちだった。決められた机はいちばん前の席。

「ようこそ四年一組へ」

「知らない子にも話しかけて、新しい友だちをたくさん作りましょう」

「今日から新しい仲間、四年一組」

そんな言葉が力強く書かれた黒板をぼんやり眺めていた。誰も声をかけてくれない。みな、旧知の親しい子同士で笑い合ったりつつき合ったりしている。あたしは居心地が悪く、不安だった。あの子たち、黒板の文字が読めないのだろうか。あたしに声をかけなよ。かけてよ。新しい友だちだよ。ここにいるじゃないの。
心の声は誰にも届かない。これから先もこんな毎日が続くのかな。

悪夢だ、と思う。

誰とも仲良くなれないまま、毎日を過ごす。怖いものに追いかけられるより厭なことかもしれない。

引っ越してきて、自分だけの部屋を持ってから、あたしは二回もそういう夢をみていた。ちょっと前まで住んでいたあの町で、あたしはそいつから逃げている。もとの家には帰れない。そこにはもう、父親も母親もおにいちゃんも住んでいないことは、はっきりと意識している。どこへ逃げよう。そうだ、仲良しのかおりちゃんの家だ。あたしは走る。かおりちゃんの家は線路の向こう側だ。踏切を渡ろうとしたところで、電車が近づいてきて、遮断機が下りる。あたしの背後にそいつが迫ってくる。黒い手が伸びて、あたしの肩を摑(つか)む。

あたしは、あっと叫んで眼を開ける。

そう、夢ならば覚める。だが、これは夢じゃない。現実だ。

救いを求めて、前後に視線を走らせる。彼女の姿が視界に入ったのは、そのときだった。

教室の真ん中より、やや窓際の列、後ろから二番めの席。彼女はひとりだった。机の前にぽつんと座っている。四年一組、三十五人の子供たちが小さなグループに分かれ、口々に喋り、笑っている中、誰とも話をしていない。

あたしと同じ。

あの子、どうしてひとりぼっちなんだろう?

なんて、深く考えることもなく、あたしは立ち上がっていた。

「あたし、稲本亜須香っていうの」

歩み寄って、いきなり話しかけた。

「この学校に転入してきたばかりなんだけど、友だちにならない?」

彼女がどんな子であろうが、関係ない。あたしはとにかく誰かと繋がりたかったのだ。

彼女はびっくりしたような眼であたしを見返した。

「私と?」

あたしのまわりから、ふっと声が消えていた。いつの間にか、あたりは静まり返っている。四年一組の仲間たちが、息を詰めてあたしたちを見ている。

まずかったかな。

胸に不安がよぎった。

あたし、この子に話しかけちゃいけなかったのかな。

「いいよ」

彼女は戸惑いをすぐさま消して、頷いてみせた。

「友だちになろう」

それが、まなちゃんとの縁のはじまりだった。


新学期の二日め。

まなちゃんは、四十センチ四方ほどの水槽を抱えて登校してきた。

「どうしたの、これ？」

「教室で金魚を飼うの」

まなちゃんは、当然、といった風に答えた。

「私、三年生のときも生物係だったから、今度も飼うの」

「へえ、そうなの」

すんなり受け流したが、不思議な気もした。新学期ははじまったばかりなのに、まなちゃんはすっかり生物係になるつもりでいるみたいだ。係を決めるのは、学級会で話し合いをしてからじゃないのかな。少なくとも前の学校ではそうだった。生物係は学校全体で飼っているにわとりとかうさぎの世話ができるから、わりに人気があった。希望者の五、六人がじゃんけんをして、ようやく決めていたものなのに、この学校では状況が違うんだろうか。

結果から言えば、そんなことはなかった。この学校でも生物係は人気で、なりたい子は何人もいた。しかし、新学期三日めには、水槽の中にオレンジ色の小さな金魚が五匹、すいすいと身をくねらせて泳いでいたのだ。むろん、持ち込んだのはまなちゃんである。立場は強かった。

「ずっとお世話をしてきたのだし、金魚の育て方はいちばんよくわかっているでしょうからね」

と、担任の芦田先生が後押しをする形で、まなちゃんが生物係になることは確定してしまった。

「ずるいよね」

聞こえよがしに言う子もいた。

「私もやってみたかったな、生物係」

「自分のうちで飼えばいいのにね」

いまいましげな囁き。舌打ちと溜息。

「いつもああだよね、あの子」

「強引」

「わがまま」

＊

　やがて、あたしは徐々に知っていくことになるんです。

　最初に会った日、まなちゃんがクラスの誰からも話しかけられずにいた、その理由を。

二

　まなちゃんは、水槽に水草を浮かべたり、日向水（ひなたみず）を用意したり、金魚を別の容器に移して水槽を洗ったり、とてもまめだった。あたしも手伝った。あたしは生物係ではなく図書係だったのだが、もうひとりの生物係である男子がまったく協力してくれなかったからだ。

「下手に手を出すと、文句を言われるもんな。やらないよ」

　というのが、その子の言いぶんだった。

「金魚が死んだのも、おれのせいにされたしな」

　確かに、まなちゃんはそう言っていた。あいつが餌をむやみに入れたから、金魚が二匹も死んだのだ、と。

「餌にだって、やり方があるの。あの馬鹿、ちっともわかっていない」

　まなちゃんとあたしは、校舎裏のつつじの植え込みの根もとに、二匹の死骸を埋めた。

「可哀想ね」

こぶし二つほどの穴を掘って、金魚を置いて、上からさらさら土をかける。

「また、新しい金魚を持ってこなきゃ」

まなちゃんが呟いた。

「おうちでは飼えないの？」

あたしは訊いた。

「生きものを飼うのは厭だって、おかあさんが言うの」

まなちゃんの声はいくらか沈んでいた。

「面倒をみるなら、最期まで見届けてやるのが務めだ。赤ちゃんのときは愛らしいけれど、そのうち病気もするし、年齢もとる。汚くなってくさくなって、よれよれのぼろぼろになる。死ぬまで責任を取らなければならない。だから犬も猫も飼いたくないんだって」

「そりゃ、そうだろうけどさ」

あたしの家でも、二年ほど前までは犬を飼っていたけど、死んじゃって、とても悲しかった。黒くてふとった雑種の犬で、頭がよくてやさしかった。名前は銀之助。あたしがおにいちゃんに泣かされると、頰をぺろぺろ舐めてなぐさめてくれたっけ。そりゃ、死ぬ前はすっかりおじいちゃんになって、皮はたるんで歯は抜け、くさくなってよたよたしていたけど、大好きだった。また銀之助みたいな犬が欲しい。でも、あのとき、うちのおかあさんも泣きながら言っていたな。

こんな風に見送るのはつらいから、もう犬は飼わない。

「犬か猫が飼いたいよね」

あたしは訊いた。まなちゃんから返って来たのはまったく違う答えだった。

「私ね、おかあさんが病気のとき、好きなんだ」

「へ？」

まなちゃんのおかあさんは、仕事で毎日おうちにいない。帰ってくるのはたいがい夜遅く。仕事のおつき合いで夜も出かけちゃうことがある。だけど、たまにおかあさんが風邪をひいたりすると、仕事を休んでおうちにいてくれる。だからおかあさんが病気になるのが嬉しいのだと、まなちゃんは言った。

「具合が悪いおかあさんの面倒をみてあげるの。おかあさんも褒めてくれる。嬉しいじゃない」

「そうなの？」

あたしは首を傾げた。あたしとは違う。あたしなら、自分が病気になって、おかあさんにべったり看病してほしい。その方がよっぽど嬉しい。

「自分が世話を焼いてもらう方がよくない？」

「よくない」

まなちゃんはきっぱりと答えた。

「私は、おかあさんのお熱を測ったり、お薬を飲んでもらったり、ごはんを食べさせてあげたりしたい」

あたしにはまったくわからない。

「おかあさん、病気のあいだは、私の言うことを何でもよく聞いてくれる。TVは観ちゃ駄目。本は読まない。ただ眠って、休んでね。そう言うと、はいって素直に頷いて、眼をつぶってくれる。私の言うとおりにしてくれるんだ」

「ふうん」

あたしだったら、おかあさんがそんな風にしてくれたって、ありがたくも何ともない。やはり面倒をみてもらう方がいい。熱のあるおでこに冷たい手を当てて熱を測ってもらったり、ベッドまでごはんを運んでもらったりしたい。

「まなちゃんは変わっているね」

あたしは言った。

「犬も猫も欲しくないよ」

まなちゃんは答えた。

「おかあさんが厭だって言うんだから、私だって厭」

＊

考えてみたら、まなちゃんからおうちの話を聞いたのは、それがはじめてだったかもしれません。

＊

夏休みのあいだ、生物係のまなちゃんは水槽と金魚を自分の家に持ち帰ることに決めた。まなちゃんはバケツに移した金魚を、あたしは空の水槽を持った。図書係なのに手伝わされたのだ。

「自分のうちで飼えばいいのに」

教室を出るとき、そんなひそひそ声がまた聞こえた。四月から七月、まなちゃんと仲良くなったおかげで、あたしの交友関係はまったく広がっていなかった。ほかの子たちから無視されたりいびられたりまではしなかったけれど、積極的に話しかけてくれる子はほとんどいなかった。

「ねえ、どうしてあの子とつき合っているの」

話しかけてくれたかと思えば、皮肉っぽく訊かれるのだった。

「あの子、身勝手だと思わない？」

いくらか思う。ことに、家まで水槽を運んであげたというのに、

「ありがとう。じゃあね」

と、眼の前で玄関のドアを閉められてしまった瞬間など、深く深く思ってしまう。あんた、それはないだろう。なにも、家に招き入れて欲しいとまでは考えない。けど、室内に荷物を置いてから、あたしを見送ってくれるくらいはしてもいいんじゃないか。まなちゃんの家とあたしのマンションは、学校を中心にして反対の方角にあるのだ。歩いて二十分以上かかる。あたしの家までついてきてくれとは言わない。でも、自分の手伝いをしてもらったあとなのだから、せめて学校の近くまで送ってくれてもよさそうなものだ。少なくとも、あたしが逆の立場なら、そうする。

それが、じゃあね、ばたん、である。

だが、仕方がない。

まなちゃんとつき合わないと、友だちはいなくなる。あたしは孤立する。それだけは避けたい。

夏休みは、平穏だった。かおりちゃんからは暑中見舞いが届いたし、あたしも出した。両親と兄とは房総半島へ海水浴に行った。学校のプール教室にも出席をした。あたしは二十五メートルクラスの青帽。まなちゃんは来ていなかったけれど、ほかのクラスの子たちと少しお喋りができるようになれた。

まなちゃんと顔を合わせたのは、お祭りのときくらいだった。

あたしたちの通う小学校の裏手には、ちょっと由緒のある神社があった。そこの例大祭だ。三日にわたってお神輿(みこし)や山車(だし)が町内を練り歩き、神社の前の通りにはたくさんの露店が並んだ。おにいちゃんは友だちと出かけ、あたしは母親と父親と見物に出かけた。あんず飴(あめ)を買ってもらったとき、通りの向こう側にいるまなちゃんに気がついたのだ。

「まなちゃん」

手を振った。まなちゃんは白地にピンクのあじさいが描かれた浴衣を着ていた。顔はこちらを向いている。が、視線をこちらに向けようとはしない。

「お友だち？」

母親が訊ねる。あたしは頷いて、ふたたび声を張り上げた。

「まなちゃん」

同時に、まなちゃんは顔を横に向けた。一緒にいる誰かに喋りかけたのだ。

「まなちゃあああん」

しつこく呼んだ。けど、まなちゃんはあたしの方を見ようとはしない。

「このうるささじゃ、亜須香の声は聞こえなくてもしょうがないかもな」

父親が、慰めるように言った。ちょうど、神社にお神輿が近づいて来ていたのだ。わっしょい、わっしょい。男のひとたちの低い声と、笛の音が混ざり合って、あたりはかなり騒々しかった。

「しょうがないね」

父親の言葉を繰り返しながら、あたしはずいぶん気を悪くしていた。まなちゃん、あんまりじゃないか。友だち甲斐がない。母親や父親に対して、面目が立たないような、恥ずかしいような気持ち。

一緒にいたのは、背の高い女のひとだった。たぶん、まなちゃんのおかあさんなのだろう。

＊

不愉快を引きずっていたせいだろうか。

その夜、あたしはひさびさの悪夢にうなされた。

学校の帰り道、怖いものがあたしを追って来る。あたしは神社の境内に隠れる。怖いものはあたしを探している。家は知られている。

そうだ、まなちゃんの家に逃げ込もう。隠れさせてもらおう。

大通りを突っ切り、路地を曲がって、あたしはまなちゃんの家にたどり着く。玄関の脇の呼び鈴を鳴らす。

肩に手がかかる。

あたしは悲鳴を上げる。

そこで眼が覚め、飛び起きた。

心臓がどきどきと高鳴っている。部屋は真っ暗だった。夜明けにはまだまだ遠いのだ。

あたしはベッドを抜け出し、父親と母親の寝室へ逃げて行こうと思う。

部屋のドアを開ける。


怖いものは、そこに、いた。

*

「ものすごい叫び声がしたよ」

あとで、おにいちゃんからはさんざん馬鹿にされた。

「人間の声じゃない。怪獣かと思った」

あたしは言い返せない。事実は事実だ。その朝、あたしはわめき散らして家族みんなを起こしたのだ。

「縁日でいろいろ食べさせ過ぎたせいじゃないのか」

父親は真顔で言っていた。

「あんず飴に広島焼き、いか焼きも食べたろう」

母親がつけ加える。

「かき氷もね」

「食べ過ぎだ」

わかっている。

「いくらお祭りだからって、調子に乗るからよ」

かもね。あたしはむっつりうなだれて両親の話を聞いていた。

「きっと消化不良だったんだ」

そんな理由でみた夢だったとは思いたくない気もする。しかしまさか二段構えの夢だなんて。

三

二学期がはじまった。

まなちゃんの水槽と金魚も、教室に戻ってきた。水槽の中を見て、あたしは気づいた。

「金魚の数、増えたね。七匹？」

「九匹」

まなちゃんは嬉しそうに答えた。

「よく見て。お祭りのとき、金魚すくいをしたの。前のと合わせて九匹」

「見かけたよ。あじさいの浴衣を着ていたね」

まなちゃんは、ふうん、とだけ返した。

「声もかけたよ。まなちゃん、聞こえなかったみたいだけど」

「聞こえていた」

「え？」

まなちゃんの返事に、あたしは耳を疑った。

「どうして返事をしてくれなかったの」

「おかあさんと一緒だったんだもの。邪魔をされたくなかった」

邪魔って。あたしは二の句も継げなかった。

＊

どうしてあの子とつき合っているの？　あの子、身勝手だと思わない？

うん。思う。しみじみ思う。

まなちゃんて、ちょっと、いいや、けっこうひどくない？

＊

九月の半ばになったころだっただろうか。

朝、あたしが登校すると、教室の後ろの方にみんなが集まって、ただならぬ様子でざわついていた。

「どうしたの」

ひとりの子が、無言のまま視線を移した。

ロッカーの上、金魚のいる水槽。

オレンジ色の金魚は、すべて腹を見せて浮いていた。

「ひどいよ」

誰かが泣き出した。

「水槽の水が原因じゃない？」

そういえば水の色が変だ。くさい。お酢みたいなにおいがする。あちこちで疑惑の声が上がる。

「毒を入れられたんだ」

あたしは眼でまなちゃんの姿を探した。

「先生を呼んでこいよ」

いない。まだ登校してきていないんだ。

この一週間ほど前、まなちゃんは生物係ではなくなっていた。おれのうちにも金魚がいるからここで飼いたい、と、ある男子が言い出したのがきっかけだ。まなちゃんは反対をした。

この水槽には、そんなにたくさん金魚は棲めない。

けど、その言葉は、ほかの子たちの猛反撃を浴びたのだった。

クラスの問題でしょう。みんなで決めましょうよ。

学級会が開かれ、たくさん金魚がいた方が楽しいと思います、という圧倒的多数の声にまなちゃんは負けた。水槽の金魚は三十匹ほどに増え、三日ほどのちに行われた係決めでは、まなちゃんは生物係になれなかった。

みんな、一学期とは違う係になった方がいいと思います。女子のひとりがそう提案し、ほかの子たちもそれに賛成したのだ。まなちゃんには為すすべがなかったろう。すでに金魚の半数以上がまなちゃんの所有物ではなかった。

「まなちゃん」

あたしは、ようやくまなちゃんの顔を見つけた。

教室の前の扉のところで、ひとり離れてこちらを見ている。

「おはよう、まなちゃん。大変だよ」

あたしはまなちゃんに駆け寄った。

「金魚が」

言いかけると、まなちゃんはきつい眼であたしを見返した。

「死んだんでしょう。知っている」

それから、うっすらと笑った。

「言ったでしょう。あの大きさの水槽に、たくさんの金魚は棲めないって」

笑ったのだ。

「私が係のままだったら、金魚たちは死ななかったのにね」

背筋に冷たい棒を当てられたような気がした。

「あのままじゃ、酸素不足で死んじゃうよ。一匹一匹、苦しんでじわじわ死んでいく。そんなの可哀想じゃない」

まさか。


まなちゃんが、やったの？


あたしは、訊いたのだ。

そして、まなちゃんの返事も、聞いた。


私は、最期まで見届けた。死ぬまで責任をとったの。それだけだよ。

夢の中。

あたしを追いまわしていた怖いものが、ドアを開けたところで待ち構えていた。

怖いものは、まなちゃんだった。

＊

＊

その後も、あたしとまなちゃんは、友だちではあった、と思う。

五年生になるときのクラス替えで、まなちゃんとあたしはクラスが分かれた。あたしには、ほかに仲良しの子ができた。自然、まなちゃんとは離れていく。まなちゃんがひとりになる。すまないような気もした。でも、ほっとしていた部分もあった。

「あの子といて、楽しかった？」

仲良しの子に訊かれたこともある。

「変じゃない、あの子？」

否定できない。嫌いじゃなかったけれど、まなちゃんは確かに変だ。不愉快なこともいろいろあった。

金魚のことは、けっきょく誰にも話していない。

六年生のころだったと思う。

偶然、駅ビルの本屋で、まなちゃんと会った。マンガの単行本を買いに行って、レジの前で視線が合った。

「亜須香ちゃん」

まなちゃんは、参考書を持っていた。それと、看護師の本。あたしは驚いた。

「看護師になりたいの？」

「そう。専門の学校に行くつもり」

まなちゃんと看護師という職業が、すぐには結びつかなかった。看護師になるような子は、世話好きという印象がある。具合が悪くなった子に付き添ってあげたり、やさしい言葉をかけてあげたり、保健室に連れて行ってあげたり。まなちゃんはまるきりそういう型（タイプ）じゃなかった。世話をしていたのは金魚だけだった。それも、あんな風に、ばっさり切り棄てたのに。

「看護師になりたかったの？」

あたしは繰り返した。きっと、疑わし気な声が出ちゃったと思う。

「なりたい」

まなちゃんの返事は決然としていた。

「看護師になるよ」

＊

まなちゃんとは、長いこと、顔を合わせていません。

あれから志望どおり専門学校に受かって、看護師になったとは聞いたけど、詳しいことはなにも知らないままです。

まなちゃんは、どんな大人になって、どんな看護師として働いているんだろう。正直言って、知るのが怖い気がします。

ひょっとしたら、まなちゃんは、看護師になってはいけない人間だったんじゃないか。あたしには、そう思えてならないんです。

なにも、まなちゃんが今回、恐ろしい罪を犯したと決めつけるわけじゃありませんけれど……。

金魚が死んだ、あの日からずっと、あたしにとってまなちゃんは「怖い」なにものかなんです。

第八章　市井洋子

一

はい、そうです。私が、あの子の母親の洋子です。

週刊誌の記者の方？　あの子とは取材を通じたお知り合いだという話ですが、私の職場も娘から聞いて来られたんですか。それで、わざわざ訊きたいというのは、どんなことなんでしょう。

あの子についての話を訊きたい。それも、あの子には内密にしてほしい？　あの、あの子が、なにかしたんですか？

え、あの子が働いている病院で患者さんの変死が相次いだ、ですって？

いいえ、あの子はそんなこと、私には少しも教えてはくれませんでした。それに、だって、病院でしょう。病院なんですから、亡くなる方があったって、当たり前ですよね。

まさか、あの子がそのことに関わりがあるとおっしゃるんですか？　そんな、そんなはずはありません。

大丈夫？　大丈夫ですよ、私は、落ち着いています。冷静です。

警察が調べて、事件性はないということで捜査は終了しそう？　だったら、あの子には関係がないんですね。よかった。

大丈夫です。ちょっと驚いただけです。だって、週刊誌の記者の方にお会いするなんて、はじめてですし、変死なんておっしゃるから、動揺しちゃったんです。一瞬のうちに、悪いことばかり想像してしまった。ＴＶのニュースで観るような、恐ろしい事件。自分の周囲に起こってほしくない、厭な事件。

あの子には関係ない。そうですとも。

でも、だったら、あなたはわざわざ、私になにを訊きにいらしたんです？

＊

いいえ、あの子からは、なにも聞いていません。娘からは最近、連絡もほとんどないのです。

ここしばらく、あの子は私には会いに来ません。もう一年半は会っていないのではないかしら。

理由？　それは、たぶん、忙しいせいでしょう。正月は休めない、お盆の時期もゴールデンウィークもない。まとまったお休みは取れない。あの子からはそう聞いていますよ。私から連絡？　していません。なぜって、悪い気がしますしね。せっかくお休みの時間が取れたなら、なにも私に会うことはない。お友だちや恋人と過ごした方がいいに決まっています。

変ですか？

でも、記者さんならおわかりじゃないかしら。私とあの子の間柄は、多少はご存じのうえで連絡をくださったんでしょう？

私は、あの子にとって、いい母親ではありませんでした。

あの子の父親とは、娘が小学五年生のときに離婚しました。親権は、父親、つまり、もとの夫が持っています。私はひとりで家を出たのです。離婚を切り出したのは、私でした。私のわがままから別れるのだから、娘は置いて行けともとの夫には言われました。それで、そういうことになったんです。

言いぶんはあります。私がわがままだというなら、もとの夫は思いやりが足りなすぎました。結婚する前は、物事を冷静に見極めて判断を下すことができる、頭のいい男性だと信じてしまっていたんです。が、一緒に暮らしてみると、違った。いったんこうと決めつけたら、そこから一歩も動かない。自分の尺度に合わない人間は愚か者で、理解したくないことは見ない。頭がいいわけではまったくなくて、話の通じない偏狭なひとでした。別れた相手のことを今さら、とは思いますが、どうしても悪口になってしまいます。あの子にはすまないと思ってはいますが、あのままあのひとと暮らしていくことが、私には耐えられなかった。

そんなもとの夫のもとに、娘を残していくことに不安はなかったか、と？

もちろんありました。けれど、もとの夫と娘は、何と言えばいいのか、気質が合っていたんです。私とは違った。子育てに協力的とはお世辞にも言えませんでしたけど、娘が小さいころは日曜日に公園へ連れて行ってくれたりはしていましたし、可愛がってはいたように見えました。それに、私たちが住んでいた家のごく近所、歩いて十五分もからない場所で姑がひとり住まいをしていました。舅、もとの夫の父親はずっと前に亡くなっていたんです。結婚後、私たち夫婦は建売りの一戸建てに住みました。もとの夫は長男でしたし、いずれは姑との同居が頭にあったのでしょう。実際、私が出て行ったあとで、姑はマンションを引き払って一緒に暮らすようになったのだと、あの子から聞きました。

離婚してから、二年ほどのちに、現在の夫と再婚をしました。だから、あの子とは姓が違うわけです。

ともかく、そんな経緯でしたから、あの子とは長いあいだ会えなかったのです。会えたのは何年もしてからでした。あの子が私を訪ねて来てくれたんです。家を出る前から働いていた職場は変わっていませんでしたから、そこに電話をくれまして、会いたいと言ってくれたんです。そのころ、あの子はもう看護師になって働いていました。そう、今から七年、八年くらい前だったでしょうか。

あの子は、恨みごとはなにも言いませんでした。ただ、私に会って、自分のことを知ってほしかったのだと言いました。自分の身のまわりのことや、毎日のできごとを、いろいろ話したかったのだと。

「たまに会いに来て、話をしてもいい？」

あの子に言われて、それからときどき会って食事をしたりするようになりました。

私は、今の家庭の話はなるべくしないようにしていましたが、ある日、あの子に言われました。

「妹がいるんでしょう。妹に会いたい」

現在の夫とのあいだにも、娘がひとりいるんです。あの子にとっては、父親が違う妹ですね。紗良（さら）というんです。

「会ってみたい」

当時、紗良は小学校に入ったばかりのころで、母親である私が以前も結婚していたなんて、もちろん知りません。迷いましたが、あの子にせがまれて、会わせられないとは言えませんでした。それで、現在の夫とも話し合ったすえ、紗良とあの子を会わせることにしたんです。

「今まで話していなかったけど、紗良にはおねえちゃんがいるの」

事情をどう説明したものか、考えはまとまっていませんでしたが、ひとまず切り出しました。

「ほんとう？」

紗良は歓声を上げました。

「おねえちゃん、欲しかったの。嬉しい」

やったやったと飛び跳ねるばかりで、どうしておねえちゃんがいるのか、詳しい事情を知りたがらなかったのは、意外でもありほっとしたところでもあり。紗良はのんびりした子なんですよ。こまかいことは気にしない。あの子が同じ年齢くらいのときだったら、そうはいかなかったでしょうね。あの子は知りたがりでした。どうして。なぜ？　納得がいくまで食いついてくる子でしたから。
十五、六歳も年齢が離れている異父姉に、紗良はすぐになつきました。あの子も、紗良を可愛がってくれているようでした。
現在の夫とあの子を会わせたことですか？　ありません。その点については、あの子からはっきり言われていました。

「悪いけど、ママの旦那さんには会いたくない。私には関係のない他人だもの」

縁があるのは紗良まで、ということなんでしょうね。むろん、夫にはそこまでは話していません。


そう、三年くらい前でしょうか。

「近いうち、結婚することになるかもしれない」

あの子が、そう言っていたんです。

「もし決まったら、彼に会ってね、ママ」

あの子は、嬉しそうでした。相手の男性は、患者さんだった方だそうです。職業は営業だとか。あの子もとうとう結婚するのかと、私も喜んでいたんですが、それきり。その話はあの子の口から二度と出ませんでした。

どうなったんでしょう。うまく行かなくて、別れてしまったんでしょうか。まだおつき合いはしているけれど、結婚の話が思うように進まないのかもしれない。

気にはなりますけれど、うるさく訊ねる気はありません。あの子は子供ではない、大人の女性ですからね。

紗良は小学校高学年ですが、彼女にとってはうるさい母親だと思います。口答えばかりされていますしね。紗良とは男の子の話もするんです。このごろイシダくんとはどうなの？　なんて、軽く訊けます。

「うるさいな、よけいなお世話だよ」

ぴしゃりと返されますけどね。

でも、あの子にはそうした軽い感じで話はできません。私は、あの子に遠慮をしているのでしょう。

あの子の父親と離婚をし、あの子にとっての家庭を壊す選択をしたのは、私なのです。後ろめたい気持ちは、ずっと抱えています。

心からすまないと、あの子には思っています。

あの子だって、内心では、私を許していない。そう思います。


本当のことを言いますとね、私とあの子は、うまく行っていないんです。一年半ほど前からあの子は私にほとんど連絡をくれなくなったんです。

私とあの子が喧嘩をした？　いえ、私ではなく、紗良とあの子との関係がおかしくなってしまって。

いいえ、違いますね。問題は紗良とのことじゃなく、やはり私とのあいだにあるんです。

ずっと昔、あの子が子供だったころから、私とは、どこか合わなかった。あの子を可愛がろう、理解しようと努めても、どうしてもしっくり行かないところがあったんです。

二

あの子が可愛くなかったのか、ですって?

いいえ、そんなことはないんです。

赤ちゃんのころは、無我夢中であの子を育てていました。ほかのことを考えるゆとりはまるでなかった。泣く。授乳する。おしめを替える。それだけで一日が過ぎてしまう。夜泣きが続いて困らされても、熱が出てうろたえさせられても、わずらわしいとか憎いとか考えたことはありません。寝顔を見れば心から可愛いと思えました。

それが、いつから、少しずつ変わっていったのか。

あの子が片言でものを言いはじめて、自分の足で立って歩きはじめた。無力な赤ちゃんではなく、意思を持つひとりの子供になった。そして私は、だんだん違和感を覚えるようになっていったんです。

違和感、としか、表現できません。

あの子は、よその子とは、どこか違うのです。

たとえば、あの子は、おもちゃをすぐに壊しました。お人形もぬいぐるみも、すぐに駄目にしてしまう。自然に壊れてしまうのではなく、あの子はわざと壊すんです。熊のぬいぐるみの眼や鼻をもぎ取ってしまったり、挙句は手足をちぎってしまう。おなかを裂いて綿を出してしまう。

「そんなことをしてはいけません。くまさんが可哀想でしょう」

私は注意をしました。

「かわいいよ」

あの子は平然と言い返します。

「かわいがっているよ」

私は、ばらばらになったぬいぐるみを縫い合わせました。どこかになくしてしまった眼も鼻も、ありあわせのボタンをつけて、直してあげました。幾度も、幾度もです。

「あたらしいおかおだ」

あの子は、嬉しそうにしています。

「そう、新しいお顔よ」

「まえよりかわいくなった」

「もう壊さないのよ」

「あたらしいおかおもすき」

あの子は逆らわず頷きます。けれど、気がつくとまた眼が取れている。鼻が欠けている。叱っても、けろりとしています。

「あたらしいおかおにして」

言うことを聞かないあの子に、腹も立ちましたし、あまりにもそれを繰り返すので、気味が悪くもなりました。

「子供なんてそんなものじゃないの」

もとの夫に相談しても、気のない返事ばかり。

「ぬいぐるみを直さなければいいじゃないか。おまえが直すから、それでいいものだと甘えているんだろう」

「抛っておけって言うの？」

もとの夫は、うるさそうに応じました。

「抛っておけよ。そうすれば俺はそんなどうでもいい話をぐちぐち聞かされなくて済む」

どうでもいい話、なの？

＊

先ほども言いましたけれど、もとの夫は、育児に積極的に協力してくれるひとではありませんでした。あの子のおしめを替えるのも、お風呂に入れるのも、私だけ。手伝ってくれ、と頼んだこともありますが、そのたび返事は同じなんです。

「俺がやるの？」

それはおまえの役目だろう？　そう続けたいのがありありとわかるんです。そのうち、もういいや、という気になりました。

＊

姑にも言われました。

「子供は乱暴だものね。俊之に似ているのよ。あの子、小さいころは乱暴で、自分のおもちゃだけじゃなく、ゆかりのお人形まで投げたり踏んだりして壊してしまっていた。それでゆかりと取っ組み合いの喧嘩をしてねえ」

あの子について相談しているはずなのに、姑はすぐ昔話を持ち出してうやむやにしてしまうのです。

違うんだ。そういうことじゃない。あの子の乱暴は、そういうのとは違う。

近所の公園へ遊びに行っても、私もあの子も、ほかの母子のグループには入れなかったのです。最初のうちは問題なく過ごしていたんです。でも、あの子がもめごとを起こしてしまう。傍にいる子に唾を吐いたり、突き飛ばしたりして、泣かせてしまうんです。すぐに私が謝って、その場は何とかおさまるんですが、子供たちはだんだんあの子と遊ぶのを厭がるようになってしまう。

ある日、母子グループのリーダー格のひとから、はっきり言われてしまいました。

みんなと仲良くできない子は、ここへ来るのは遠慮してくれる？

彼女たちにしても、仕方がなかったのでしょう。自分の子を守りたい。当たり前のことです。

ただ、私はつらかった。

「でも、あの子の場合は、そのままじゃ困るわよね。女の子だものね。ちゃんとしつけして直さないとね」

しつけ？

私は唇を噛むしかありません。

夫は抛っておけと言う。姑はしつけをして直せと言う。

ちゃんとしつければ、必ず直る。

本当に、そうなのでしょうか？

＊

あの子には、意地の悪いところがありました。

いとこの将斗（まさと）くん、もとの夫の妹であるゆかりさんの息子さんは、あの子よりひとつ齢下でした。ゆかりさんは将斗くんを連れて、ときどきうちに遊びに来ました。たいがいは姑も一緒です。ゆかりさんはさばけて話のしやすいひとだったし、実の娘の強みで、姑にもしばしば言い返してくれるので、ありがたい存在でした。夫と離婚するときも、私をかばってくれたのは、ゆかりさんだけです。

将斗くんは、まるまるとふとった男の子でした。あの子は、いつも将斗くんをいじめるんです。

「でぶ」

「嫌い。こっち来ないで」

身も蓋もない言葉で罵る。

将斗くんが鼻水を垂らせば、あの子は眉をしかめます。

「きったなーい」

将斗くんがあの子の絵本に触ろうとすれば、あの子は本を奪い取って叫びます。

「触らないで。私の本よ」

その都度、私は注意をするのです。そんなことを言うんじゃありません。仲良くしなさい。貸してあげなさい。おねえちゃんじゃないの。

「こんなぶた、弟じゃないもん」

あの子は聞きません。さいわいというか不思議というか、それでも将斗くんはそんなあの子に近づいていくし、どう言われても機嫌を損ねないんです。あの子に容赦なく突き飛ばされて泣かされたりもするのですが、すぐに泣き止んであの子のあとについて行く。

「来ないでよ」

あの子は心底、厭そうでした。ゆかりさんはけらけら笑っていました。

「将斗は怖いおねえさんの方が好きなんだ。うちの旦那似かな」

「女の子なんだから、あんまり乱暴な真似をさせないようにしないとね」

姑は笑いません。ちくりと刺してきます。

「そんなことないって、偏見だよ。あたし、子供のころはずいぶんクラスの男子をいじめていたよ」

ゆかりさんがやんわりとりなしてくれるのが、救いでした。

「兄ちゃんだって、喧嘩ではよく泣かせていたよ。兄ちゃん、弱かったんだもの。噛みついてやればすぐに泣き出す」

「あんたはねえ」

さすがに姑も苦笑いをします。

「しょうがないじゃないの。性格だよ」

ゆかりさんは流してくれるのですが、私はひやひやしていました。帰り際、いつも姑は言うのです。

「あの子の意地悪、直すようにしつけしないとね」

＊

しつけ。

私は、いったい、どうすればよかったのでしょうか。

ぬいぐるみは大事にしなさい。将斗くんにひどいことを言ってはいけません。そう言い聞かせる以外、どんな方法があったでしょう？

そのころ、こんなこともありました。あの子を連れてスーパーマーケットへ行った帰り道です。私はベビーカーを押していました。買った品、キャベツや大根や牛乳パックなど重いものを座席に乗せて、あの子は私の横を歩いていました。

「あ」

あの子が小さく叫ぶなり、歩道の端、山茶花の植え込みがあるあたりへ走っていきました。

「どうしたの」

私もそちらへついて行って、息を呑みました。

猫の死骸があったのです。自動車に轢かれでもしたのか、おなかのあたりがぐちゃぐちゃに裂けていました。もう躰は硬直していて、血も黒ずんでいました。

「いけない」

私は悲鳴を上げました。あの子は、猫に触ろうとしていたのです。

「そんなものに触っちゃいけない」

あの子は私の言葉を無視して、猫のおなかのあたりに手を伸ばしました。私はあの子の背中に覆いかぶさるようにして止め、怒鳴りました。

「いけないって言っているでしょう」

私の腕の中で、あの子は身をよじらせて抵抗しました。

「猫ちゃん、怪我をしているのよ。触ったらいけない」

「なおして」

もがきながら、あの子は言いました。

「え？」

「おなか、縫ってあげて」

この子は、死んだ猫をぬいぐるみと同じように思っているのだ。

それに気づいたとき、おかしな話ですが、私は安堵したんです。

ぬいぐるみと同じ。そして、治してあげたいと思っている。

「あの猫ちゃんは、おかあさんには治せないの」

「どうして？」

猫が死んでいることを、あの子に説明することは憚られました。死を理解するにはまだ早すぎる。そう思ったのです。

「猫ちゃんを治せるのは動物のお医者さま。あとでおかあさんがお医者さまに電話をかけておくからね」

帰りましょう、と言うと、あの子は力を抜きました。

「……うん」

後ろを気にしながら歩き出したあの子を見下ろしながら、私は嬉しい気持ちでいっぱいでした。

うちの娘は、決して残酷なわけじゃない。やさしい気持ちも持っているんだ。きっといい子に育ってくれる。きっと。

＊

あの子が四歳のときから、パートタイムで働きはじめました。

家から出たい。仕事がしたい。それまで、私は毎日そう思っていた気がします。

あの子が生まれたあと、もとの夫との夫婦生活もなくなっていたんです。あの子の夜泣きがひどかったせいで、もとの夫は私やあの子とは別の部屋で寝るようになっていました。もとの夫は都心の会社で働いていて、私たちの住まいは隣県に接した住宅地でした。毎朝の出勤時間が早かったので、仕方がなかったのかもしれません。私としてもその方がよかったんです。不機嫌そうな舌打ちを聞きたくはありませんでした。

夫婦仲が壊れていったのは、そういう部分で問題があったのだな、と、今ならわかります。

当時、私はただ、息苦しかったのです。毎日毎日、鬱々としていました。

このまま縛りつけられて、家の中で朽ちていきたくはない。

だから、働き出したときは、とても嬉しかったのです。

勤めたのは、主に店舗の内装を請け負う、社長と三人の社員だけの小さなデザイン事務所でした。月曜日から金曜日まで、朝の九時から午後二時までという短い時間帯で、仕事は電話番と資料整理と雑用。時給もそれなりで、あまり難しい業務は与えられなかったものの、以前の職場を妊娠五ヵ月めに退職して以来のお勤めで、毎日緊張していました。子供が小さいとはいえ、なるべく職場に迷惑はかけたくない。気負ってもいました。

あの子は、保育園では、友だちができない子でした。

保育園にお迎えに行っても、あの子が誰かと仲良くお喋りをしている様子はほとんどない。ひとりぼっちなんです。

ときどき、言葉を交わしている子がいると、ほっとしました。

「今の子、お友だち？」

けれど、あの子の返事は、いつも素っ気ないものでした。

「違う」

「違うの？」

「あんなやつ、嫌い」

「どうして」

「きたない。このまえ、お教室でげろ吐いた」

あの子は、ほかの子たちを、けなして、見下すようなことばかり言うんです。

「そんな風に言わないの。お友だちでしょう」

「違う。嫌い」

「このあいだ一緒にいた、くみちゃんはどうなの」

「馬鹿だよ」

「馬鹿って言わない」

「どうして？」

「悪い言葉だから」

「じゃ、ごみ」

あの子はさらりと言いました。

「死んじゃえばいいのにね」

深い意味はない。わざと悪い言葉を使っておもしろがっているだけなのだ。そう考えようとしても、感情が抑えられなくなることもありました。

「いい加減にしなさい」

強く咎めると、あの子は黙ります。二人だけのときは。もとの夫がいる前では、違います。泣くのです。

「ごめんなさい」

泣きじゃくりながら、謝るのです。

「子供の言葉に、そんなにむきにならなくてもいいだろう」

もとの夫は、いかにも物わかりがいいような顔で、あいだに入って来ます。

「虐待みたいだ」

そして、あの子を慰めるんです。私は苛立ちました。

あの子は、泣いていません。泣いているふりをしているだけです。もとの夫の背に隠れて、あの子はけろりとしています。頰には涙の痕もない。

何だろう、この子は。

私は背筋が寒くなりました。

あの子のことで相談をしても、もとの夫はいつだって耳を貸してくれない。考えすぎだ、のひと言で終了です。もとの夫の見ているところでは、あの子は素直な子です。でも、それは演技なのです。

おまえは育児ノイローゼなんじゃないか、とまで言われたことがありました。そんな風に受け取るなら、手を差しのべてくれてもよさそうなものなのに、もとの夫はなにもしてくれなかった。

なにもせずに、こう言うんです。けっきょくおまえは俺にどうしろと言うんだ？　あの子のことを、娘を心配する私のことを、考える気なんてまるでないんです。

いい子に育ってくれる。そう思いたい。でも、この状態はどうなの？　友だちもいないのに、気にするでもなく周囲を軽蔑している。母親まで小馬鹿にしているじゃないか。

どうやってしつければ、直るって言うの？

ちゃんと道理を伝えようとしても、夫が邪魔をする。あの子はもうわかってしまって、父親を利用している。

いったい、どうしたらいいんだろう？

＊

あの子に眼をかけてくれる保育士さんは、いたんです。

「変わっているけど、頭のいい子ですよ」

そんな風に言ってくれても、気は重くなるばかりでした。

頭がいい？

確かに、あの子は言葉の覚えも早かった。数もかぞえられる。絵本も読めるし、字も書ける。

けれど、あの子は、友だちができない。

「年少組の子を叩いて泣かせてしまったんです」

「ちょっと、口喧嘩をしちゃったんです」

保育士さんから聞かされるのは、そんな話ばかりです。

「気難しいのも、今のうちです。そのうちもっとお友だちができますよ」

そう言われても、安心できません。保育士さんは、あの子を数時間だけ見ていればいい。でも、私はずっとあの子を育てていかなければならない。

「言い聞かせていれば、わかる子です」

わかる？

本当にわかったのでしょうか。

「小さい子に乱暴したんだって？」

私が訊いても、あの子は素直には答えません。

「知らない」

「先生から聞いたよ。嘘をつかないの」

「嘘なんかついていない」

「じゃ、先生が嘘をついているっていうの？」

「うん」

あの子は、嘘をつく子になっていました。

＊

こんなことではいけない。

自分でもわかってはいました。

あの子の言動に、いちいち苛立ってはいけない。まだ子供なのだ。母親として、あの子を受け入れ、愛情を注がなければならない。そうすればきっと、あの子は変わる。変わってくれるに違いない。

自分でも、そう考えるよう努力はしてみたのです。けれど、成功したとは言えません。私は甲高い声を上げてあの子を叱ることが多くなりました。そして、そんな自分自身がやりきれなくなりました。

もとの夫との仲も、どんどん悪くなっていきました。もとの夫は、帰宅するとすぐに

TVのリモコンを手に取って、観たい番組にチャンネルを合わせる。食事をしながらも視線は画面から動かず、うまいでもまずいでもなく、なにを話しかけても生返事です。

あの子が小学生になった時点で、フルタイムで働くようになりました。職場で雑用以外の事務仕事も任されるようになってきたからです。覚えなければいけないことも増え、残業も積極的にこなすようになりました。

「おかあさん、明日はお休みでしょう」

あの子に嬉しげに言われると、気分が重くなりました。明日は家にいなければならない。一日じゅう、あの子のおかあさんでいなければならない。

そんな風に感じてしまう自分と向き合うのも、苦しかったんです。

あのころ、あの子は、きっと寂しかったんでしょう。学校から帰っても、お帰りなさいを言ってくれない母親。家にいても、お仕事が残っているからとパソコンに向かっている母親。

「ペットを飼いたい」

あの子が言い出したのは、そのせいだったのかもしれません。けれど、私はそれを許しませんでした。

「死んでしまうと悲しいから、飼いたくないわ」

そんな理由で、あの子の願いを退けたのです。むろん、そうした思いがなかったわけではありません。私自身、子供のころは犬を飼っていました。高校生のときに病気で死んで、何日も何日も泣き暮らしたのも事実です。けれど、あの子に対して飼いたくないと答えたのは、悲しみを避けたいからではありませんでした。むしろ、犬や猫を飼ってしまうと、どうしても情が移ってしまうことが怖かったのです。そう、私はあの時点で、もとの夫とあの子との家庭から逃げ出すことを無意識に求めていたのかもしれません。

そして、もうひとつ、理由がありました。

私は、あの子の願いをすんなり聞き入れてあげたくはなかったのです。

ペットを飼いたい？　そんなお願いをしたいなら、なぜ、おかあさんの注意を聞かないの？　どうして無視するの？　嘘をつくの？　泣いた真似をするの？

私に断られても、あの子はあきらめませんでした。犬や猫が駄目ならと、金魚を飼いはじめたのです。

ある土曜日、金魚の入った水槽を抱えて帰って来たあの子を見たとき、私は不機嫌になりました。

「どうしたの、それ？」

「おとうさんが、金魚なら飼ってもいいと言った」

あの子はとても嬉しそうでした。私の眼には、勝ち誇っているように見えました。

「勝手にしなさい。生かそうが死なそうが、あんたひとりの責任だからね」

刺々しい声で言い放った私は、ひどい母親だったと思います。

＊

あの子からお友だちの話を聞くことは多くありませんでした。それでも、四年生か五年生のころは、仲のいい子ができたようで、ときどき名前が出てきた覚えがあります。何という名前だったかしら？

ただ、そのお友だちのことも、あの子は決して良くは言わないんです。

「けっこう使えるから」

物であるかのようなひどい表現をするんです。

「そんな言い方はやめなさい」

注意をしましたが、あの子はけろりとしていました。

成長していくにつれ、あの子はますます私の言いつけを聞かなくなっていったんです。

＊

金魚のことで、あの子と争いになったことがあります。

あの子は金魚の世話をよくしていました。けれど、ある日、見てしまったのです。あの子は一匹の金魚を水槽から掬い出して、そのまま台所の流しに棄てようとしたんです。

「なにをするの、生きているじゃないの」

「こいつ、きたないから」

その一匹は、確かにほかの金魚より色が薄く、黒い斑点のようなものがありました。

「可哀想でしょう。あなたは金魚たちを可愛がっているんじゃないの」

「ほかのは可愛がっているよ。でも、こいつは要らない」

あの子は、ほとんど何の感情も見せずに、吐き棄てました。

「そんなひどいことをする人間に生きものを飼う資格なんてない」

私の声は震えていたと思います。

「金魚を飼ってはいけません。お店にぜんぶ返しなさい」

あの子は黙って私の顔を見返していました。

「お店に返せないなら、先生に訊いてみて、学校へ寄付すればいい。わかったわね？」

＊

もとの夫との離婚に至ったのは、あの子には関係がありません。あくまで夫婦間の問題です。

あの子が小学校二、三年生のころから、私はよく吐き気に襲われるようになりました。

ひと晩じゅう嘔吐して、寝つくこともありました。病院で検査をしても、胃は荒れているけれど、特に異常があるわけではないと言われました。食あたりの心当たりがないなら、ストレスが原因ではないか、と。

おとうさんと別れることになったと告げたとき、あの子は十一歳。難しい年ごろでしたけれど、冷静に受け止めてくれたと思います。

「おかあさんは、出ていかなければならないの」

あの子は言いました。

「一緒に行きたい」

正直なところ、意外な気がしました。あの子は、私よりもとの夫の方が好きだと思い込んでいたからです。

意外で、そして、胸が痛みました。

「それはできないの」

「どうして?」

「あなたはおとうさんのところにいた方がいいって、話し合って決めたの。おばあちゃんも近くにいてくれるしね」

親権はもとの夫が持つ。それが離婚の条件でした。

三

再婚して、紗良を産んでから、いろいろとわかりました。

あの子にとって、私は悪い母親でした。

あのころ私は、あの子の中に不安な部分ばかりを見つけては、苛立っていたのです。

あの子には、やさしいところだってあった。私が寝込んだときは、熱心に看病をしてくれた。それが現在のお仕事に繋がっているのでしょう。

悪い母親だったのに、あの子は、私に会いに来てくれた。

あの子は立派な大人になってくれた。昔、気を揉んだのは杞憂に過ぎなかった。それだけはもとの夫が言ったことが正しかった。考えすぎだったのだ。

「おねえちゃん、いいひとだね」

紗良も、そう言っていました。

はじめのうちは、です。

あの、さっきの話は、間違いないんですよね？

娘と、その病院の事件は、関係がないことはわかっているんですね？　ぜったいに確実ですね？

だったら、思いきってお話しします。

＊

一年半ほど前のことです。

そのころ、紗良には、まだ携帯電話を持たせていませんでした。あの子と紗良は、私の電話を介してメッセージのやりとりをしたりして、仲良くしていたんです。それより少し前、結婚の話を聞いたころにはおいしそうなお料理の画像がよく送られてきていました。きっと恋人とデートをしていたときのものだったんでしょう。そういえばそのころにはもうそうした画像付きのメッセージはほぼなくなっていたようです。恋人とは会わなくなっていたのでしょうか。その代わり、紗良に時間を割いてくれたのかもしれません。

日曜日や祝日など、あの子は休みを合わせて取ってくれて、私抜きで一緒に出かけたりもしていました。

昔のあの子とは違う。やはり大人になって、おねえさんになった。そう信じ切っていたんです。

ところがある日、あの子との外出から帰って来たあとで、紗良の体調がおかしくなったことがありました。気持ちが悪いと言って、その夜は何度も吐きました。さいわい朝までにおなかは落ち着いたようですが、念のため学校は休ませたのです。

「昨日はおねえちゃんとお昼ごはんを食べたんでしょう。いたんだものでも食べちゃったのかしらね」

「うん」

紗良は浮かない顔をしていました。

「お昼、なにを食べたの？」

「チーズバーガーとポテトのＬサイズ」

「油が悪かったのかしら」

「お昼じゃないと思う」

紗良はいったん言葉を切ってから、思いきったように言いました。

「おかあさん、これからもおねえちゃんと、遊びに行かなきゃ駄目？」

「どうしたの、喧嘩でもしたの？」

「喧嘩はしない、けど」

詳しく訊き出してみると、あの子が意地悪を言うのだというんです。

「服がおかしいって笑われた。似合わないって」

「そんなことはないよ」

「私は顔がまんまるで肉まんみたいだから、Aラインのワンピースを着ると、てるてる坊主みたいに見えるって」

「口が悪いわね」

私は軽く笑って受け流そうとしました。けれど、紗良は笑いません。

「首を吊ったらお似合いだって」

「え？」

私は耳を疑いました。

「てるてる坊主だから、軒下で首を吊ればぴったりだって言うの。大笑いできるって」

大笑い？

「笑いたいから首を吊りなよって、何度も言われた」

「冗談にしては、ひどいね」

胸がざわつくのを感じました。

「ずっとひどいことばかり言っているわけじゃないんだ」

紗良が慌てたように言いました。

「楽しいときもあるんだよ。でも、昨日はおねえちゃんを怒らせちゃったみたいだから」

「怒らせた？」

不安が募るのを抑えながら、私は訊きました。

「なぜ？」

「わからない。ちょっと前まで笑っていても、急に機嫌が悪くなるんだ。いつも」

いつも？

「昨日も、お昼にチーズバーガーをおごってもらって、映画を観てしばらくは普通だったんだ。でも、話をしながら歩いているうちにおねえちゃんがいらいらしはじめた。フードコートに寄って、飲みたいものがあるかって訊かれたから、アイスココアがいいって言ったの。本当はなにも飲みたくなかったんだけれど、そう言うとますます機嫌を損ねちゃうと思った」

紗良は、言いづらそうにゆっくりと言葉を継ぎました。

「私は席を取って、おねえちゃんがココアを買ってきてくれた。ひと口飲んだら、変な味がした。変に苦くて、薬みたいな感じ」

薬？

自分の心臓の音が大きくなった気がしました。

「口の中に残っておいしくないし、飲みたくなかったんだけど、おねえちゃんがにらんでいたから、飲むしかなかった。あのココアがおかしかったんだと思う。昨日は暑かったし、腐っていたのかもしれない」

「……そうね」

　私は、暗い気持ちになっていました。

「ココアが悪かったのね」

　大勢の客に出すココアが腐っているだなんて、そんなことがあるだろうか？

　しかし、だからと言ってまさか、あり得るはずがない。

「そのあとも、ずっとひどいことを言われていた」

　看護師であるあの子が、紗良の飲むものになにか混ぜて、わざとおなかを壊させるなんて真似を、するはずがない。

「私の鼻が低くて顎が四角いのはおとうさんの血統で、これから先は男の子に好かれないとか、毛深いとか」

　紗良は泣きそうになっていました。

「おかあさん、もう、おねえちゃんとは出かけたくない」

　私は頷くしかありませんでした。

「わかった。おかあさんから、おねえちゃんによく言っておく」

　私からあの子にそのことを問いただすことは、できませんでした。

　一週間ほど過ぎて、私の電話にあの子から紗良へのメッセージが来たとき、ようやく私はあの子に電話をかけたのです。

「おかあさん、どうしたの？」

あの子の声には、何の曇りもありません。

「紗良が落ち込んでいるの」

「なにかあったの？」

屈託のない、明るい声。

「このあいだ、あなたにきついことをいろいろ言われたみたいね」

「きついこと？」

あの子は不思議そうに言いました。

「そんなこと言わないよ」

嘘だ。この子は、また嘘をついている。

「紗良、ずっと笑っていたよ」

私は、胸が塞がるようでした。

傷ついただろうに、紗良は笑っているしかなかったんだ。

「とにかく、紗良も難しい年ごろだから、しばらく抛っておいてあげてくれる？」

あの子は、変わっていない。

「わかった」

明るい声。

「ねえ」

「なに？」

「あなたに訊きたいんだけどね」

「どうしたの。何の話？」

いかにも楽しげな、やましいことなどなさそうな声。

「いいわ、やっぱり」

訊けない。訊けるわけがない。

あなた、紗良になにか悪いものを飲ませたの？

「おかあさん、訊きたいこと、私にもあるんだ」

あの子は、快活な調子で続けました。

「犬を飼っているんでしょう？」

「え？」

私は、どきりとしました。

そう、うちでは今、柴犬を飼っているのです。私はあの子には言わないようにしていました。紗良にもそれとなく口止めをしておいたのですが、うっかり漏らしてしまったのでしょう。

「死ぬのが厭だって、紗良には言わなかったんだね、おかあさん」

そして、思い当たりました。

あの日、紗良とあの子が観に行ったのは、子犬が主役の動物映画だったのです。

「おかあさん、紗良にちゃんと言った？」

あの子は、明るい声のままでした。

「生かそうが死なそうが、あんたひとりの責任だって」

そして、電話は切れました。


あの子からは、それきり、連絡がないのです。

＊

私は、あの子にとって、悪い母親でした。

そして、あの子はやはり、私を許してはいないようです。

あの子は、変わっていない。

子供のころから、なにも変わっていない。

だけど、あの子が紗良になにか薬を盛ったなんて、心から信じているわけでもないんです。そりゃ、あのときは頭をよぎりましたけど、よくよく考えてみればあり得ないことです。

なぜって？

だって、あの子は、看護師じゃありませんか。病人を救うために働いているあの子が、そんなことをするわけがない。

そうでしょう？

第九章　真中祐実（まなかゆみ）

一

Ｅ病院にいたころの話を聞きたいとおっしゃるんですよね？
わたし、話をするの、うまくないいんです。いいんでしょうか？

＊

佐倉さんにお会いになったんですよね。いいひとです、佐倉さん。最近はあまり会っていないけれど、年賀状はずっとやりとりしていました。でも、今年は出さなかった。佐倉さんだけじゃない。誰にも出していません。年賀状を書く気にはなれなかったんです。誰とも関わりたくない、繋がりたくない気持ちでした。

だって、誰も、わたしからの年賀状なんて、待ってはいないんですから。

そんな風に考えてはいけないと、先生からは言われています。メンタルクリニックの先生です。E病院を辞めてから、その病院に通っているんです。通院するとき以外、ほとんど外出もしない。佐倉さんからの連絡も、見て見ぬふりをしていました。申しわけないとは思うけれど、話をしたいと思えなかった。

でも、いつまでもそんな風じゃ、いけませんよね。先生からもいつも言われています。わかってはいるんです。

佐倉さんは、わたしを心配してくれたんです。それは信じていいんですよね。信じなければいけませんよね。

それで、佐倉さんからのメッセージに返事を送って、会うことにして、会ってお話をして、あなたがE病院を取材しているということを聞きました。わたしの話を聞きたいと言っていたということも。

E病院に関する噂は知っています。警察の方にも会いました。刑事さんがお二人、男性と女性でした。わたし、今よりもっと落ち込んでいた時期でしたし、感情的でもありましたから、E病院でのことを思い出すだけで泣いてしまったりして、あまり参考にはならなかったと思います。

厭な、ひどい噂です。でも、噂のもとになるような不安を患者さんに抱かせてしまった、その根はわたしたち看護師の中にもあったのかもしれません。刑事さんたちにはそう言いました。

刑事さんたちにお会いしたのはその一回だけです。だから、噂は噂に過ぎなかったんだろうと思っていました。

けれど、まだあなたは取材をしているんですね。刑事さんたちにしたのと同じことしか話せませんけど、いいんでしょうか。

正直なところ、E病院の話をするのは、まだ気が進みません。

でも、佐倉さんはあなたに話を聞いてもらった方がいいと言うんです。確かに、わたしは内科病棟にいました。亡くなった患者さんたちと関わりました。そして、病院を辞めました。

なぜなのか。

E病院を辞める前、わたし、具合が悪かったんです。毎日、病院へ行くのがつらくてつらくて。ある朝、とうとうベッドから起き上がれなくなったんです。

だから病院を辞めることにしたんです。

以前にいた病院でも、いろいろあったけれど、こんなに苦しくはなかったように思います。

なにがあったのか。それをお訊きになりたいんですか。

どう言えばいいんでしょう。実際のところ、なにが起きたのか、わたしにもよくわからないんです。

なにかの間違いじゃないかと、思いたいんです。

だって、やさしかったんです。

あのひとはずうっとやさしかった。

わたしが、なにか、あのひとを怒らせるようなことをしてしまったに決まっています。

だって、あのひと、同じだって言ってくれていました。

なにがって?

わたしとです。わたしと同じだと。

まわりにいるひとたちと、どうしてもうまくやれない感じ。そう、浮き上がってしまうところ。あのひとも、同じだと言っていたんです。わたしと同じ。あのひとも、昔から、友だちができなくて、いつも仲間外れにされていた。たまに近づいてくる子がいても、気がつくとひとりになっていた。まわりに合わせようとしていないわけじゃない。頑張ってはみるのだけれど、限界がある。だから、わたしの気持ちはよくわかると、話してくれていたんです。

でも、そんな風には、ぜんぜん見えなかった。

あのひとは、みんなとうまくやっていた。菊村さんとも仲良しだった。仲が悪いひとなんて、いないように見えました。だからそんなことを言ってくれるのが不思議だったんです。

「本心を抑えているの」

あのひとは言いました。

ここは、嘘の世界なんだって。

それがどういう意味なのか、わたしにはよくわからなかったんです。

舞台の上にいるようなものだ、と、あのひとは言いました。

「嘘の世界だ。みんな演技でいい。そう割り切るようにしたら、ずいぶん楽になったよ」

そうじゃないと、弾かれるからと。嘘の世界で、嘘の自分を演じているんだと、あのひとは笑いました。

「簡単だよ。わからないことをわかるふりをするだけ。どうせみんな、他人の話なんてろくに聞いちゃいない。自分が話したいだけで、話している相手に興味なんてないんだからさ。勝手に喋らせておいて、適当に頷いて合いの手を入れていればいい。わかる、わかるってね。それだけで仲間に入れてくれる」

あのひとは、そう言うんです。

「本気でつき合う必要もない。好かれようが嫌われようが関係ない。嘘の世界だもの」

でも、わたしには、そんな考え方はできませんでした。

嘘じゃない、本当の世界にいたい。

本当の友だちが欲しい。嫌われるのは厭です。できれば好かれたい。話をしたい。話している相手のことを知りたいですし、そのひとが自分に話してくれる内容を理解したい。同意ができないなら、そのことを伝えたい。それがうまくできなくて、今まで寂しい思いをしてきたんです。

あのひとは、わたしに対しては、演技をしていないと思っていました。本心を見せてくれていると。嘘の世界では見せない本心を見せてくれている。そう信じていました。

それが、間違っていた。

あのひとは、誰よりもわたしを嫌い、蔑んでいた。

今でも、信じたくありません。

わたしは、いったい、あのひとになにをしてしまったのでしょうか。

二

わたしを嫌いなひとは、ほかにいました。

菊村さん、彼女がわたしを嫌っているのはうっすらと知っていました。嫌われていると認めたくはなかったですが、菊村さんの態度ははっきりしていました。

わたしは彼女にいつも叱られていました。たとえば、申し送りのとき、なにを説明しようとしても、菊村さんはすぐに遮るんです。

「だから？」

わたしの話を聞いているだけで腹が立つみたいでした。

「睡眠剤は出した？」

今、まさに言おうとしていた、そのことを口に出して、急き立てるんです。

「食事の量は？」

「患者さんがああ言ったこう言ったは要らないから、要点を言いなさいよ」

要点。それを取り出すのが、わたしは苦手なんです。

できるだけちゃんと話そうとは思います。でも、順序だててきちんと話そうとすればするほど、話がまとまらなくなる。菊村さんが苛立ってくるのがわかる。どうしたらいいのかわからなくなって、自分でもなにをどう言っていいのかわからなくなる。

「なにが言いたいの？」

そう言われると、いちばん困るんです。なにって、話していることが、言いたいことなんですから。いくら話しても、なにが言いたいの、と返される。

どうして通じないんだろう？

菊村さんは露骨でしたけれど、ほかのひとたちだって、わたしと話すときはじりじりしている。わかるんです。

わかるけれど、どうにもできない。

できるだけのことはやろうとしている。でも、話すのが下手なんです。

「大丈夫よ」

あのひとはいつも力づけてくれました。

「真中さんが言いたいこと、私にはわかるよ。でもね、菊ちゃんはああいうひとだから、変に横から口を出すと、よけいにカリカリしちゃうでしょう。だから庇ってあげられなくてごめんね」

あのひとがそう言ってくれることが救いでした。

友だち？　というよりもっと頼れる存在。理解してくれるひともいるんだ、わたしを嫌いになったり馬鹿にしたりしないひともいるんだ。

わたしは、あのひとを信じていたんです。

＊

E病院へ来る前、S病院でも、先輩たちからは疎まれてしまいました。

わたしの要領が悪いせいい、なんでしょうね。佐倉さんしか仲良くしてくれるひとはいなかった。

外科は慌ただし過ぎて、自分の性質に合わないのかな、と思って、E病院では内科を希望したんです。五年、働きました。内科の方が自分のペースで働きやすかったです。患者さんともちゃんと話ができて、好きでした。

でも、わたしは、ひとつのことで頭がいっぱいになってしまうと、ほかのことを忘れてしまうんです。

いいえ、忘れてしまうわけでもない。やらなければ、やらなければと思っているうちに、ほかの誰かが助けてくれる。

そして、あのひとは、誰よりもわたしを助けてくれたんです。

「ちゃんとメモは取りなよ」

菊村さんに注意されて、メモをつけるようにしても、そのメモを失くしてしまったりする。そんなわたしに、あのひとは言うんです。

「メモなんか取らなくても、やるべきことが頭の中にしっかり入っていればいいじゃない」

あのひとには、それができるんです。

「メモを取る時間があったら動いた方が早い。私はそうしているよ」

見習いたいと思いました。でも、できない。やるべきことは覚えきれないし、てきぱき動くこともできずじまいでした。

「どうしてやらなかったの」

菊村さんに叱られても、毎回毎回、同じ言いわけをするしかなかったんです。

「忙しくて手がまわりませんでした」

患者さんのデータや日誌は、他のひとに読みやすいよう、なるべく丁寧に字を書こうとか、患者さんに対しては常に親身であろう、受け答えはぞんざいにならないようにしようとか、そういうことを考えすぎてしまったせいもあるんでしょう。

「ありがとうございます。この次も、真中さんにお願いできませんか」

患者さんやご家族の方からそう言われると、素直に嬉しく思いました。だけど、本当は、それではいけなかったんですよね。

「あんたがもたもたしているしわ寄せは、私たちみんなに来るんだよ。よけいに仕事をしなければならないじゃない」

菊村さんは、怒っていました。

「あなたの三倍も働いているんだけど、私」

本当に、それはそうなんです。菊村さんはすごく手際がいい。だからわたしは頷くしかなかった。

「そうですね」

それから、こうも言いたかったんです。

いつもすみません。助けていただいて。

でも、菊村さんは、わたしが次の言葉を口にする前に、ぷいと離れていってしまう。

「気が短いからね、菊ちゃんは」

しょうがないよ、と、あのひとは言ってくれました。

「真中さんは真中さんのやり方でいいんだよ」

慰めてくれるのは、いつだってあのひとでした。

「菊ちゃん、確かに仕事は手早いけど、荒っぽいし大雑把だからね。患者さんにも怖がられたり厭がられたりしているんだよ」

確かに、菊村さんの態度は患者さんには素っ気なく見えたみたいです。あの菊村さんは苦手だよ、とこぼす患者さんも少なくありませんでした。

「シフト希望は早めに入れた方がいいよ」

そういう注意をしてくれたのも、あのひとでした。

「夜勤は特にね。主任にも菊ちゃんにも家庭があるし、できるだけ希望した方がいい」

それで、わたしは夜勤の希望を多く入れるようにしました。仕事で迷惑をかけるぶん、少しでもみなさんの役に立ちたかったんです。

それが、かえって菊村さんの気に障っていたなんて、思いもしませんでした。

三

柳沢はる子さんと、その娘さん。

よく覚えています。娘さんがナースステーションにご挨拶に見えたとき、わたしはちょうどその場にいたんです。

「四〇七号室の柳沢はる子の娘です。今日からお世話になります」

娘さんは、深く頭を下げました。礼儀正しい中年の女性でした。

すぐにベッドが取れてよかったですね、とわたしは応えました。はやくよくなられるといいですね。そうも言いました。

けれど、柳沢さんは、とうとう元気にはなれませんでした。

柳沢さんは、神経質な患者さんだったと思います。

夜中に自分の顔をじいっと見下ろして呼吸を窺っている、と、娘さんに訴えたそうです。わたしたち看護師を怖がってしまったんです。食事もあまり手をつけてくれなくなりました。

「食べられないのよ」

柳沢さんは、わたしに言いました。

「だって、おかしな薬を盛られているんだもの」

　食事に薬は入れていない。誤解ですよ。わたしは言ったのですが、柳沢さんは耳を貸してくれません。

「味がおかしい」

　薄味で物足りないかもしれませんが、それは躰のためなんです。薬は入れていません。安心して食べてください。

「あんたなら信用できるんだけどね。ほかの看護師は厭」

　柳沢さんは声をひそめて言うのです。

「こっちが死んだっていい。死ねばいいって思っているんだ」

　柳沢さんにとってはつらい処置をしなければならなかったり、食事の面でも厳しいことを言わなければならなかったりしたので、悪いように悪いようにと受け取られてしまったのかもしれません。いったんそう思い込んでしまえば、見まわりだって柳沢さんにとっては神経に障るばかりだったのでしょう。

　柳沢さんが被害妄想に陥ってしまっていることを、ほかの看護師たちに、伝えなければならない。

　ナースステーションに戻って、勤務時間が同じだったあのひとに、まずその話をしました。

「一回、昼寝をするなと注意をしたことがあるの。それで嫌われちゃったみたいね」

あのひとは苦笑していました。残念ながら、そういうことは珍しくはないんです。

「私たちに殺されるかもって怯えちゃっているの？」

あのひとは、くすくす笑いました。

「可愛いね、柳沢さん」

「みなさんにも伝えなければいけませんね」

「菊ちゃんきっと怒っちゃうよ」

あのひとはますます楽しそうに笑いました。

「でも、柳沢さんのことは、注意をしないと」

「わかった。私からみんなに言っておく」

あのひとは言いました。

「看護師に毒を盛られて殺される、なんてね。ばあさん、自意識過剰だ。わざわざ殺してやるほどこっちは親切じゃないよ」

わたしは困った顔をしていたのでしょう。あのひとがからかうように続けました。

「ああ、真中さんは親切だ。柳沢さんの思いどおりにしてあげたらいいのに」

正直いって、あのひとの、こういう口の利き方は好きじゃなかったです。

菊村さんと、患者さんの噂話をして笑い合っているのも、よくないなあと思っていました。言葉もかなりきついんです。

あんなやつ、人間以下だ。豚だ。死ねばいいのにね。K先生、うっかり殺しちゃえばいいのに。

そりゃ、難しい患者さんもいるし、厭な患者さんもいます。言いたくなる気持ちはわかります。私だって、愚痴はこぼします。だけど、それでも、言っていいことと悪いことがある。

でも、口には出せませんでした。

あのひとが「柳沢さんのこと」を、みんなに伝えたかって？

いいえ、伝えていません。たぶん、伝えるより前に、柳沢さんは亡くなってしまったのだと思います。

柳沢さんは、わたしたちに不信感を抱いたまま、亡くなりました。

わたしはけっきょく、なにも力になれなかった。後悔しかありません。

＊

蓮沼さんのネックレスが失くなったことを、わたしは知りませんでした。

そもそも、蓮沼さんがネックレスをつけて来ていたこと自体、まるで意識していませんでした。

蓮沼さんは、恋人からネックレスをプレゼントされたんですね。そのことも知りませんでした。ええ、ロッカールームでそんな話をしていたようには思いますが、わたしは会話に加わっていなかった。誰がどんなアクセサリーを持っているとか、どういう服を着ているとか、恋人がいるとかいないとか、そういうことに興味がないんです。

それでいいんだよと、あのひとは言っていました。いかにもわたしらしい。わたしは正直なのだと。

「私だって、本当はそうなんだ。他人のことなんて、どうでもいいしね。でも、嘘の世界だからさ。話を合わせているだけ」

だけど、あのひとは、まんざら嘘ばかりではなく、興味や好奇心もあったのだと思います。恋人だっていたんです。恋人とどんなお店に行って、どんな食事をしたとか、指輪をもらったとか、デートのときに撮った画像をたくさん見せてくれました。そして笑うんです。

「ぜんぜん関心ないって顔をしている。真中さんは本当に正直だね」

そのとおりなんです。わたしは、男のひと自体も、あんまり得意じゃない。

患者の男のひとと深いお話をすることはあります。心を許してくれれば、嬉しいと思います。あるひとから連絡先を訊かれたことはありましたし、食事に誘ってくれたりもしましたけれど、都合がいい日を教えてくれ、と言われても、すぐに返事ができなかったんです。そのひとのことが嫌いなわけではないんです。でも、好きといえるほどでもない。そのひとが患者であったときにはお話しすることもたくさんあったけれど、退院してしまったあとでは、どんな話をすればいいのかわからない。いろいろ考えすぎてしまって、ぐずぐずしているうちにそれきり。そのひとからの連絡は来なくなりました。きっと、それほど本気でもなかったんじゃないでしょうか。

ああ、そんな話は、どうでもいいですよね。

ごめんなさい、蓮沼さんのネックレスの盗難事件のことでした。

ずっと後になってから、わたしは蓮沼さんから聞いたんです。

「私のネックレスだけじゃない。萩野さんの腕時計も失くなったんだって。菊村さんの携帯電話も盗まれて、トイレに棄てられていたっていうし、悪質ないたずらよね。菊村さん、このごろ機嫌がよくないでしょう？」

菊村さんは、わたしに対してはいつも不機嫌でしたから、まるで気がつきませんでした。

「杉内さんのおみやげのチョコレートがごみ箱に棄てられていたこともあったし、飲みものに洗剤が入れられていたこともあったの」

ひどいですね、とわたしは言いました。ほかに言葉がなかったんです。蓮沼さんは、言いにくそうに続けました。

「菊村さんたら、私たちの中に犯人がいるみたいに言うの」

その言葉を聞いたとき、わたしは思い出しました。

「泥棒がいるのかしら」

誰にともなく、あのひとが、そう言っていたことがあったんです。

「他人のものに手を出すなんて、まともじゃない。かなり異常な人間よね」

それで気がついたんです。

疑われていたのは、わたしだったんですね。

どうして？

四

あのひとの本当の気持ちを知ったのは、Sさんのことがあったときです。

蓮沼さんのネックレスの事件は、そのあとだったんです。

Sさんは、八十代の女性で、胃癌の末期の患者さんでした。

Sさんの容態が悪化した夜に、夜勤だったあのひとが、息子さんに連絡をしたことが、あとで問題になりました。Sさんにもしものことがあった際は、まず自分に連絡をくれと、Sさんの娘さんから言われていたんです。Sさんの息子さん夫婦と娘さんとは仲が良くなかったんです。

前もって頼んでおいたはずなのに、死に目に間に合うよう呼んでくれなかった。Sさんの娘さんはたいそう怒って文句を言いに来たのだそうです。

わたしの責任です。わたしは、そのことをほかの看護師たちに伝えそびれていた。いいえ、正確に言えば、伝えたつもりでいたんです。

わたしがいちばん話しやすい仲間は、あのひとでした。わたしは、Sさんの娘さんの言葉を、あのひとには言っておいたんです。

「ああ、兄妹でごたごたしているんだ。よくあることよね」

あのひとは、そう言って頷きました。

「わかった。ほかのみんなには、私から言っておく」

だから、わたしは、そのことは全員に伝わったと思ったんです。確認もしませんでした。それが間違いでした。

「私、そんなことは聞いていない」

あとで、あのひとは断言したんです。

「確かに仲が良くないとは聞いたけど、娘さんに連絡がどうこうという話は聞いていないよ」

言いきられると、わたしも自信がなくなりました。

わたしは、話が下手です。自分ではきちんと言ったつもりでも、相手には伝わらない。今回もそうだったのだと思いました。

わたしが悪いのだ。

その後、カンファレンスをしたんです。

「Sさんの娘さんの件、どうして私たちに言わなかったの」

杉内主任に訊かれても、わたしはこう答えるしかありませんでした。

うっかりしていました。みなさんに話そうとは思ったんですが、あんなに急にSさんの容態が悪くなるとは考えていなかったんです。もう少しあとで話しても間に合うと思って、つい延ばし延ばしにしてしまいました。

あのひとに伝えたとき、みんなには言っておくと請け合ってくれたから、それでいいと思った。

そうは言えませんでした。いつだってわたしを助け、親身になってくれる、あのひとのせいにはできません。

「ご家族の問題はさまざまだから、どう判断すればいいかは難しいことなんだけれど、だからこそ、ああいう微妙な情報は、みんなで共有すべきだったよね」

杉内主任が言いました。そのとおりです。あのひとにだけじゃなく、ちゃんとみなに言わなくてはいけなかった。

わたしの責任なんです。

「責任も取れない、中途半端なくせして、患者さんの家族に立ち入るからいけないんじゃないの」

菊村さんが荒々しく言ったあとに、あのひとも続きました。

「今度のことは、真中さんに配慮が足りなかったと思う」

あのひとの言い方は、とても冷たかった。わたしは動揺しました。

「立ち入ったつもりはありません。むしろ、Sさんのご家族、それぞれの方々の立場やお気持ちを思ったからこそ、みなさんにもなかなか切り出せなかったんです」

わたしはしどろもどろでした。自分でも言いわけにならないと思いながら、言葉を探すしかなかったんです。

あのひとの顔は、平静でした。菊村さんとは違い、怒っている風ではない。ガラス越しに観察しているような、感情のない眼。

「ご立派だわ。どれだけ自分が有能だと思っているわけ、あんた?」

菊村さんが嘲るように言いました。

そのとき、あのひとの唇がかすかに動いたんです。

「馬鹿が」

その呟きは、わたし以外には、誰にも届かなかったでしょう。けれど、わたしには、はっきりと聞こえた、いいえ、見えたんです。

馬鹿が、と、一語一語、ゆっくりと動く唇。続いて、こう動きました。

「死ねば?」

わたしは、泣き出していました。

「真中さん、泣くんじゃないの」

杉内主任が驚いたように言いました。

「なにも、あなたを責めているんじゃないのよ」

「真中さん、わかったから泣かないで」

蓮沼さんが肩に手をまわしてきました。

「菊村さんも言葉が過ぎたけど、あなたのためを思ってのことなんだから」

杉内主任の声が遠くなります。

違う。菊村さんじゃない。菊村さんの言葉じゃない。

あのひとは、わたしを見ていました。感情がないと見えたのは、間違いでした。あのひとの眼に、にじみ出ていたのは、歓び。

その瞬間、わたしには、わかったんです。

わたしを、わたしの戸惑いを、わたしの混乱を、このひとは楽しんでいる。

わたしは泣くことしかできませんでした。

*

ええ、それがきっかけでした。

泥棒と疑われたことは、決定的でした。わたしはE病院を辞めるしかなくなったんです。

今でもわかりません。

あのひとは、いつからわたしのことを笑っていたんでしょうか。

いったいいつから、やさしいふりをしながら、笑っていたんでしょうか。

「昔は私も仲間外れにされていたから、わかるの」

そう言ってくれたのは、嘘だったんでしょうか。わたしに対する言葉もぜんぶ「嘘の世界」のものだったんでしょうか。

「本気でつき合う必要もない。好かれようが嫌われようが関係ない。嘘の世界だもの」

だから、あのひとは、わたしを突き放して、わたしが泣くのを楽しんで眺めていられたんでしょうか。

今でも、今でも、信じたくありません。

わたしは、あのひとに、なにをしてしまったというのでしょうか。

終　章　記者

一

萩野真波さん。

あなたにこんなメールを書き送るのは、実に気が重いことです。

けれど、どうか最後まで読んでください。

＊

はじめて会ったとき、あなたにも少しお話ししたと思います。

E病院の取材をはじめたきっかけは、高校時代の友人に聞かされた噂話でした。当時の仲間が四人、ひさしぶりに顔を合わせて酒を飲んでいた、その席で出た話です。

「そうそう、うちのかあちゃん、このあいだまで入院していたんだけどさ。その病院、やばいんだよ」

不意に言い出したのは、友人の中でも変わり者で、同級の連中からはいくぶん、いいや、かなり浮いた存在だった、梅田という男でした。もしかしたら、友人とは呼べなかったかもしれません。僕は内心、この男をかなり小馬鹿にしながらつき合っていたからです。

当時、梅田と仲がいいのかと誰かに訊かれたら、僕はきっとこう答えたでしょう。

別に仲がいいわけじゃないよ。いつの間にかくっついて来るようになっちゃったから仕方なく仲間に入れているだけだ。わかるだろう？　あいつはちょっと変だからな。

あなたや菊村さんが、真中さんに感じていたのと似たような軽侮の念を、僕は梅田に対して抱いていたわけです。

その梅田が切り出した話を、僕は軽く受け流すつもりでした。

「やばいって、何だよ」

訊き返すと、梅田は真顔で応じました。

「悪魔みたいな看護師がいた」

わははは、と友人のひとりが笑い出しました。

「おまえ、この年齢になって、まだ悪魔を怖がっているのか」

もうひとりの友人も笑いました。

「仕方がない。おまえは昔、見ちゃったんだもんな、悪魔」

笑われても、梅田は深刻な顔で、話を続けました。

「もともとインターネットに書き込みがあったんだよ。ある看護師の夜勤のあとでは、患者が急に死ぬ」

「悪魔の看護師か」

混ぜっ返すように言われても、梅田は真剣なまなざしで頷くばかりです。

「去年の夏だ。かあちゃんは二人部屋に二週間ばかり入院していた。そのあいだに、同室の患者が続けて二人も死んだんだ」

「それはまあ、怖いな」

「けど、病院だろ？　そのくらいで地獄の三丁目みたいに怖がられてもなあ」

「実際にいたんだよ、悪魔っぽい看護師がさ」

梅田が言うには、ナースステーションでたったひとり、罵るように呪詛の言葉を吐いている看護師がいたのだ、ということでした。

「その看護師の顔が怖かった。尋常な人間じゃないと思った」

「そりゃ、そんなひとり言を言うくらいだから、心は病んでいるかもしれないけどさ」

友人は笑っています。

「なあ、おまえ、雑誌の記者だろう。Ｅ病院を調べてみてくれよ」

梅田が向き直ってこう言ったとき、僕の顔から笑いは消えていました。

悪魔。

僕ら仲間が、顔を合わせさえすれば必ず話題にのぼる、その記憶。

高校のころ、僕たちは、肝試しをしたことがあったのです。

ちょうど地元の花火大会があった夜でした。ぼうっと家にいたって、「おにいちゃん、デートの予定はないの？」と、二歳下の妹からなめた口をきかれるのが関の山だったでしょう。

場所は、学校の近くにあった、つぶれた四階建てのビジネスホテルです。営業を停止したあと、なかなか買い手がつかないらしく、もう十年も放置されたままの廃屋。入口の扉はシャッターが下りていましたが、一階の窓ガラスはすでに誰かのいたずらで何枚も破られていて、ボール紙が貼られて気持ちばかりの補修がされています。ホームレスだったりお金のない恋人同士だったり、これまでにも侵入した不届き者は少なくなかったという噂。僕らの学校の生徒にも、こっそりここに忍び込んで不純な行為をしたカップルがいるとか、体育教師のMが家庭科教師のYとしけ込んで不倫な関係を持っているとか、嘘か本当かわからないことがあれこれ囁かれていたものです。とにかく、長い夏休みを持てあました高校生が遊び場にするにはもって来いの場所でした。

彼女と花火を見る当てのない五人の高校一年生男子が、よれよれになったボール紙を窓から剝がして建物の内部に入り、懐中電灯を手に埃だらけの階段を最上階まで上がった時点では、冒険気分は最高潮に盛り上がっていました。

「わあ、出た」

誰かが小さく叫びます。

「どうした」

「顔に何かくっついた」

「蜘蛛の巣だろ」

「あまりでかい声は出すなよ」

本当のところ、肝試しというのは名目だけで、僕らが発見したかったのはお化けではなく不純な行為をしている恋人同士でした。高校一年生の好奇心なんてそんなものです。だから、飽きるのもはやかった。各階に部屋は七室。ドアを開けて中を覗き込んで、なぜか乱れたままのベッドカバーや床に倒れた電気スタンド、レールから半分外れかかったカーテンを懐中電灯で照らし出してわあわあ騒いでいるのも、三階をまわったあたりで力が尽きてきました。むつみ合う男女どころか、ねずみ一匹いないのです。生きものの気配といえば、あちこちに垂れ下がる蜘蛛の巣ばかりでした。

「いないな」

失望。

「いない」

落胆。二階に降りても、同じことの繰り返し。

「このへん、何か小便臭くねえ？」

「野良猫でも入ったんだろ」

汗ばんだ顔に貼りつく蜘蛛の巣を払いのけるのも、飽き飽きしてきたところに、ぎゃあああと悲鳴が上がったのです。

「悪魔だ」

そう、悲鳴の主は、変わり者の梅田でした。

「出たあ」

あまりの声の凄まじさに驚いて、なにがなにやらわからないまま、僕らは駆け出していました。階段を目がけて、一目散です。

「出た、出た、出た」

一階まで団子のようになって駆け下りようとした、そのとき、梅田が階段から転げ落ちたんです。

「痛え」

泣き声になった梅田を抱えるように建物の外へ出て、ひとりが救急車を呼びました。ホテルに忍び込んだことも含め、親や教師からはひどく叱られましたが、それはどうでもいい話です。

問題は、落ちた梅田が、こう言い張っていたことです。

「悪魔を見たんだ」

「落ちたのは、悪魔のせいだ」

むろん、仲間たちは信じませんでした。笑っただけです。

「悪魔じゃない。おまえのせいだよ」

「おまえが変な声で叫んだから、みんなが焦って階段に突っ込んだ。それでおまえが脚をもつれさせて落ちたんだろう」

「違う」

けど、足を骨折した梅田は言い張るのです。

「いたんだ。二階のあの部屋のベッドの脇から、むっくり立ち上がったのを確かに見たんだ」

「俺は悪魔に押されて階段から落ちたんだ。ぜったいだ」

高校時代の笑い話です。

けれど、仲間たちは屈託なく笑えても、僕ひとりは笑えない理由があります。

二階のひと部屋で、梅田が見たものの正体はわかりません。梅田の単なる思い込みか、もしくは実際にホームレスが住み着いていて、僕らに気づいて威嚇するか隠れようとしたものか。

けれど、梅田の背中を押した「悪魔」が、確かに存在することを、僕は知っていました。

梅田を押したのは、僕だったんです。

わざとではありません。

驚いて、怯えて、その場から一刻もはやく逃げ去ろうとした。それで眼の前にいたあいつを押しのけた。

僕は、そのことを、これまで誰にも話したことはありません。

梅田に怪我をさせておきながら、口をつぐんで、知らぬふりをしたんです。

「悪魔のせいだ」

言い募る梅田を、仲間と一緒になって、笑いものにしたんです。

そうです。

僕は善人ではありません。

あいつの言葉を借りれば、僕こそ悪魔でした。

梅田啓太郎は、E病院の内科病棟に入院していた、梅田登季子さんの息子です。

梅田の話を信じていたとは言えません。インターネット上の噂にすぎないし、梅田の見たものなど、どこまで信用できるのか。

けれど、僕は、梅田に対しては負い目があった。それで、週刊Cの編集長に相談してみると約束をしたのです。

編集長は、思いがけず、おもしろそうだから調べてみろ、と言いました。きっと、少し前にO病院の事件があったせいでしょう。実際、所轄の警察署にE病院で患者の不審死が起きている、という投書があったことも、編集長が警察まわりの新聞記者から聞き出してくれたのです。

「警察も調べはじめているらしい。なにか出て来るかもしれないな。やってみようや」

そして、僕はあなたに会って話を聴いたのでした。

取材に応じてくれたあなたは、とても誠実な看護師に見えました。顔立ちもきれいだし、話し方も穏やか。背筋が伸びた感じの白衣姿は、好ましかった。

「連続不審死事件ってあるでしょう。真中さんもあやしくない？」

あなたは、その疑いを、菊村さんが言いはじめたのだと語りました。菊村さんの言葉をあなたはまともに受け取らず、ひどいことを言うねと笑い飛ばしました。僕にはそう言いました。

O病院で、前兆のような不穏なできごとがいくつか起こっていたように、E病院でも、同じような小事件が起きていた。菊村さんの携帯電話がトイレの便器に棄ててあったこと、蓮沼さんのネックレスがなくなったこと、あなたのペットボトル入りの飲みものに洗剤が入れられていたこと。

犯人はわからなかった、しかし菊村さんは真中さんを疑っていた。

あなたは、僕に、そのように説明しました。

＊

二

あなたに会ったあとで、僕は菊村さんに会いました。

あなたは、こう言っていましたね。

「菊村さんは、真中さんをひどく嫌っていました。勤務で一緒になっても、ほとんど口もきかないくらいです」

菊村さんは、真中さんを疑っているどころの話ではなかった。犯人だと信じきっているようでした。真中さんを語る言葉の端々に、嫌悪感がにじみ出ていた。表情も憎々しいものでした。

正直なところ、僕は菊村さんに好感は抱けませんでした。

菊村さんが吐き棄てるように非難するのを聞いているうち、会ったこともない真中さんが気の毒になってくるんです。

「真中さんには、周囲の思惑を推し量るという部分がなかった。そうした配慮がまるでなかったんです」

菊村さんはそう断じたけれど、僕にはそこは言葉通りに受け取れなかった。配慮がないなら、患者たちに感謝されるはずはない。足りないところはあるにしろ、真中さんには長所もあったはずで、そこを見ようとしないとはあまりにも不当に思えたんです。

あなたは正義感が強いんですね、と、つい皮肉を言ってしまったくらいです。

気に入らない相手の悪い部分を見つけ出し、責め立てる。菊村さんは、ひとつのたとえとして子供のころの思い出話をしてくれたのですが、それで確信しました。

このひとは、要するに、いじめる側の人間なのだ。気に障った、叩けそうな相手は叩く。理由は何でもいい。それだけなんだ。

僕が入院患者なら、菊村さんのような看護師に担当されたくはないです。

警察に投書をしたのも、ひょっとしたら菊村さんかもしれない。いかにもこのひとなら、やりそうなことだ。

この時点では、僕はそう考えていました。

盗難事件のことを聴いたとき。

おや、と思ったことがありました。

あなたも腕時計を盗まれていたと、菊村さんが言ったからです。

僕は、あなたの口から、時計のことは聞かなかった。

あなたは、自分の被害を忘れていたのだろうか。そんなことがあるだろうか。うっかり言いそびれただけなのか？

あなたは、こう言ったそうですね。

「他人のものに手を出すなんて、まともじゃない。かなり異常な人間よね」

菊村さんは、あなたの言葉で、真中さんが犯人であると確信したと言っていました。

真中さんのことが嫌いだった菊村さんは「異常な人間」と言われればすぐに真中さんを結びつけてしまう。

もしかしたら、あなたは、それをじゅうぶんわかっていたのではないですか?

時計を盗まれたことを、忘れるはずはない。なぜ僕には言わなかったのだろう?

あとになって、僕は、徐々に思い当たったんです。

おみやげのチョコレートが棄てられていた。菊村さんが目撃したと言いますから、おそらくは事実でしょう。しかし、ペットボトルに洗剤が入れられていたという事実を裏付けるものは、あなたの言葉だけです。蓮沼さんは自分の飲みものは口にしなかったと言っていましたからね。

時計がなくなったことも、あなたの言葉以外に証明できるものはないんです。

僕は、そのときはまだ、そのことに気がついていませんでした。

あとにして思えば、菊村さんの電話の事件にも、引っかかる部分はありました。

その日、菊村さんは不調だったそうです。ミスを連発して、仲間に迷惑をかけた。あなたにも言われたそうです。

「今日はどうしたの。誰かさんが取り憑いちゃったんじゃないの？」

この日、あなたは、菊村さんに腹を立てていたのですね。

＊

僕は、植松佑喜子さんのお話を聴きました。

そう、亡くなられた柳沢はる子さんの娘さんです。

植松さんは、お母さんが入院した日、帰りがけに看護師さんに挨拶をしたそうです。四〇七号室の柳沢はる子の娘です。今日からお世話になります。看護師さんの返事は明るく安心できるものだったそうです。

「すぐにベッドが取れてよかったです。はやくよくなられるといいですね」

長い髪をひっつめた、化粧の薄い、三十歳くらいの看護師さん。

そのとき、僕はそれを、あなたに違いないと思ったのです。あなたなら、患者の家族から信頼される、しっかりして温かい、そんな対応をするだろう。

入院生活を送るうち、柳沢さんは、看護師に怯えるようになっていた。植松さんはそれを「妄想」だと考えました。そして看護師さんに相談をしたのです。入院初日に言葉を交わした、信頼できると感じた看護師さんに。

「そういう風におっしゃる方はときどきおられますよ。柳沢さんばかりじゃありません。

苦しい処置をしなければならないこともありますから、患者さんとしてはそう思っちゃうんでしょうね」

落ち着いた返事をした看護師さん。

あなたなら、そうするだろうと思いました。あなたのことを、よく知りもしないで、そう信じかけていたのです。

植松さんは、のちに仕事先のスーパーマーケットで、E病院の看護師に会っています。それは、植松さんが好感を抱いた看護師とは、別の人間でした。

くくっと咽喉を鳴らして笑いながら、言い放った人間。

「柳沢さんは、とても可愛かったですよ」

梅田が見た「悪魔」は間違いなくこの人物だと、僕は思いました。

＊

はじめのうち、僕が追っていた「悪魔」は、真中さんでした。

菊村さんに愉快ではない感情を抱いたあとでも、それは揺るぎませんでした。

「真中さんには、なにかが欠けていたんです。能力なのか、感性なのか、それをうまくは言えないのですが」

あなただって、そのように言っていたではありませんか。

「悪魔」は、真中さんではないかもしれない。

そう考えはじめたのは、蓮沼さんに会ってからです。

「菊村さんだけじゃない。この病棟の看護師仲間はたいがい彼女を疎んじていました。ことさらに無視をしたり意地悪を言ったりはしなくとも、個人的な話はほとんどしないし、食事や飲みに誘うことはいっさいありません」

あなたはそう言いましたが、少なくとも蓮沼さんは違ったようです。

盗難事件のこと。胃癌で亡くなったSさんという患者さんと、その後に起きたカンファレンスのこと。菊村さんの話と蓮沼さんの話は、だいぶ異なった印象を受けました。

あなたと菊村さんも、必ずしも仲がいいわけではなかったようですね。あなたはしょっちゅう菊村さんの悪口を自分に言うと、蓮沼さんはこぼしていました。珍しくもないことです。僕だって仕事上の関係では文句や不満はたくさんありますし、胆（はら）を割ってつき合っているような相手はほとんどいません。そこは仕方ない。

聞き棄てならなかったのは、蓮沼さんの次のような言葉でした。

「彼女たちのふだんの会話を聞いていたらね。他人をけなして、くさして、あざ笑う。そればかりなんです。患者さんについての蔭口も、ひどいものですよ。特に、自分たちより齢上（としうえ）の女性に関しては辛辣でした。そればかりじゃない。もっと悪いことに、実際に意地悪な行動をするんです」

僕は愕然としました。

菊村さんがそんな真似をするならわからなくもない。しかし蓮沼さんははっきり言ったんです。

「彼女たち」と。

まさか、あなたも、そうなのか？

「彼女たちは、常に誰かしらを目の敵にして、笑いものにしていないと気が済まなかった。自分たちにとって癇に障るそのひとが気分を害したり、傷ついたりするのが楽しかったんじゃないですか。そういうこと、やめましょうよって、言ったことはあるんです。患者さんをいたぶって面白がるなんて、どう考えても異常じゃないですか」

蓮沼さんの注意を、まったく聞き入れず、薄ら笑いを浮かべて言い放ったそうです。

「患者さん、みんな可愛いもの」

可愛い？

これでは、インターネットで悪い評判を書き込まれるのも当然のような気がします。

ひとつだけはっきりしてきた事実は、「悪魔」は、真中さんではなかったということです。

蓮沼さんは、この日、僕にもうひとつ、知らなかった事実を教えてくれたのです。

笹本孝輝という患者さんと、あなたの関係を。

三

僕は、真中さんの以前の看護師仲間、佐倉さんにも話を聴きました。

それから、真中さん本人にも会えたのです。

「彼女とはあんまり親しくなかったんです」

あなたはそう言っていましたが、真中さんの思いは、違ったようです。

「あのひとはずうっとやさしかった」

それが、真中さんの言葉です。

「わたしが、なにか、あのひとを怒らせるようなことをしてしまったに決まっています」

菊村さんの言うとおり、真中さんは、話の要領がいいとはいえないひとでした。話を聴きながら、僕もいらいらさせられるときがありました。けれど、看護師としての誠実さは紛れもなく持ったひとだと感じました。

梅田のおふくろさんは、言っていました。

「E病院にだって、親切な看護師さんはいたのよ。名前は忘れちゃったけど、いつも穏やかで感じのいい女の子。何歳くらいかな。二十代の後半か、三十歳になってはいないように見えたけどね。ま、どっちにしろ、あたしから見たら女の子よ」

その看護師は、真中さんのことではなかったかと、僕も信じられるようになっていました。

あなたは、真中さんにやさしかった。少なくとも真中さんはそう感じていました。しかし、菊村さんからメモを取れと叱られた真中さんに対して、メモを取る時間があったら動いた方が早いと言ったのは、果たしてやさしさからだったのでしょうか。

夜勤を希望しろ、と勧めたのは、菊村さんも夜勤を入れたいと思っていることを、知っていたからではないんですか？

梅田のおふくろさんは、こうも言っていました。

「夜がつらいから、今の時間は起きていましょう。そう言ったのは、親切な子でね。意地悪なのは別の子の方。そう、柳沢さんの訴えを、昼寝のし過ぎ、で一蹴した女」

真中さんによれば、あなたは柳沢さんに「一回、昼寝をするなと注意をしたことがある」そうですね。そして、真中さんが柳沢さんの精神状態を心配するのを、笑った。

「私たちに殺されるかもって怯えちゃっているの？」

笑い飛ばした。

「可愛いね、柳沢さん」

「悪魔」の正体が、僕にも見えてきたような気がしました。

＊

「嘘の世界だ。みんな演技でいい」

あなたは、真中さんにそう言っていたそうですね。

しかし、真中さんによれば、あなたはちゃんと「現実」を楽しみながら生きていたのです。

「恋人だっていたんです。恋人とどんなお店に行って、どんな食事をしたとか、指輪をもらったとか、デートのときに撮った画像をたくさん見せてくれました」

笹本孝輝という男性のもと恋人に話を聴いて、僕はあなたがやはり演技していたのだと感じました。恋人を持ち、デートし、プレゼントをもらうという「嘘の世界」を演じていただけなのではないかと。

なぜ、あなたはそんなことをしたのか？

菊村さんや蓮沼さんと話していて、彼女たちが持つ「現実」を、自分も手に入れたいと望んだのでしょうか。「嘘の世界」が「現実」になることを、あなたもどこかで願っていたのでしょうか。

僕にはわかりません。ただ、あなたが真中さんを「事件」の「犯人」に仕立て上げた原因は、この笹本孝輝さんにあるように思えます。

あなたが、笹本孝輝さんをどれだけ本気で思っていたかはわかりません。ですが、けっきょく、笹本孝輝さんと交際しても、やはり「嘘の世界」を演じることしかできなかったのではありませんか？

あなたの愛情が信じられなくなった笹本さんは、真中さんに心を移そうとしたのではないですか？

真中さんは、あるひとから連絡先を訊かれたことはありましたし、食事に誘ってくれたりもしました、と言っていました。その「あるひと」が笹本孝輝さんであることを、僕は真中さんから聞き出しました。

おそらく、あなたはそれが許せなかったのですね。

「泥棒がいるのかしら。他人のものに手を出すなんて、まともじゃない。かなり異常な人間よね」

菊村さんに「犯人」を示唆しながら、あなたは、真中さんに対して当てこすりを言っていたのです。

真中さんは、なにひとつ、あなたから盗んではいないのに。

むしろ、あなたこそが、真中さんから大切な仕事も信頼も、すべてを奪ったのに。

あなたは、真中さんを「犯人」にするために、その看護師が担当したら患者が必ず死んでしまうという「悪魔の看護師」を作り上げ、インターネットに書き込んだのではないですか。

警察署に投書をしたのも、あなたなのではありませんか。

＊

真中祐実さんを追う取材は、いつの間にか、あなたを追うものへと変わりました。

稲本さんを覚えているでしょう?

稲本亜須香さん。あなたが小学校四年生のころ、同級生だったひとです。

僕は、あなたの学歴を調べました。そして、彼女にたどり着いたのです。あなたが通っていた小学校の、あなたの卒業年度のアルバムを入手し、当時の住所録から彼女を探し当てました。むろん、あなたと同じクラスの女子から当たってみたのですが、その中にあなたのことを語ってくれる友だちはいなかった。クラスメートのひとりが、稲本さんのことを覚えていてくれたんです。あなたと仲が良かったのは、四年生のときに一緒だった稲本亜須香さんだけだ、と。

稲本さんは、子供のころのあなた「まなちゃん」のことを、鮮烈に記憶していました。

「私ね、おかあさんが病気のとき、好きなんだ。具合が悪いおかあさんの面倒をみてあげるの。おかあさんも褒めてくれる。嬉しいじゃない。私は、おかあさんのお熱を測ったり、お薬を飲んでもらったり、ごはんを食べさせてあげたりしたい」

あなたは、そうしたやさしい気配りを示すことのできる少女だった。

「おかあさん、病気のあいだは、私の言うことを何でもよく聞いてくれる。TVは観ちゃ駄目。本は読まない。ただ眠って、休んでね。そう言うと、はいって素直に頷いて、眼をつぶってくれる。私の言うとおりにしてくれるんだ」

あなたは「自分の言うとおりにしてくれる」母親を望む少女でもあった。

そして、自らの手を離れた金魚たちを、みな殺しにして悔いない少女でも、あった。

稲本さんは、言っていました。

「ひょっとしたら、まなちゃんは、看護師になってはいけない人間だったんじゃないか」

僕は、あなたのおかあさんにもお会いしました。

稲本さんの話を聞く限りでは、あなたはおかあさんが大好きだった。友だちである稲本さんの呼びかけを無視しても、母親との時間を大事にするような女の子だった。

あなたの父親と、小学五年生のときに離婚したおかあさんに、成長したあなたが会いに行ったのは、やはりおかあさんを誰より慕っていたからだと、僕は思います。

ただ、残念ながら、おかあさんの方では、あなたを素直に可愛がれない気持ちがあった。

＊

もしかしたら、あなたの心には、母親との関係に根差した深い傷があるのかもしれません。それがあなたの性格に影を落としているのかもしれません。

おかあさんのお話を聞く限りでは、あなたは難しい子供だったようです。

他人と仲良くできない。意地悪。乱暴。そして嘘。

世話をしている金魚を「きたないから」と言って棄てようとする残酷さ。

あなたは、妹の紗良さんに、嫉妬を感じていたのでしょうか。だから侮辱し、あざ笑ったのでしょうか。

あなたがしたことは、それだけなのでしょうか？

＊

笹本孝輝さんは、もとの恋人に、あなたから聞いた「愚痴」を話しています。

「面倒くさい患者に睡眠剤を余分に飲ませたとか、態度の悪い患者に胃薬と偽って下剤を飲ませてやったとか、気に入らない同僚の飲みものに洗剤を入れてやったとか、物騒なことを言うんだ」

どうやら、僕は、梅田の言う「悪魔」を見つけたようです。

＊

安心してください。

僕が取材内容をまとめて書き上げた記事は、編集長からボツにされました。

「証拠がない。すべて伝聞と状況証拠だけだ。弱いよ」

編集長には、苦い顔で言われました。

「実体がなにも摑めない『事件』だよな。ひとりの人間の悪意から生まれた空騒ぎじゃ、報道する価値は認められないよ」

空騒ぎ？　本当に？

そうであってくれればいい。心底そう思います。

だけど、僕は、あなたが「空騒ぎ」をしただけとは考えていません。

あなたにとっては、言い逃れも出まかせも、お酒に睡眠薬を混ぜることも、同じことなんです。意識を失いかけた誰かを凍えそうな路上に放置しても、心の咎めなどなにも感じないでしょう。悪意の塊でありながら、おのれの邪悪さに気づくことはない。

あなたは、真中さんが病院を辞めてからは、他人の物を盗んだり棄てたり、飲みものに異物を混入したりという行為はやめているようです。「犯人」である真中さんはいなくなったし、刑事たちも調べに来たし、しばらくはおとなしくしていた方が賢明だと判断したのでしょう。しかし、いつかまた、あなたはふたたび同じことをはじめるのではないでしょうか。他人を不快にさせ、不安にさせること、苦しめることが、あなたの愉しみなのです。この先ずっと抑えていられるとはとうてい思えません。

今なら、僕にはわかります。

他人の魂も、命も、みな同じ、軽蔑しか感じない人間。

そんな人間を、僕は、人間とは思えません。

萩野真波さん。

あなたは、言っていましたね。

「この病院で、本当に起きたこと。
真実を知ることが、怖いんです」
今こそ、真実を知ってください。
僕は「悪魔」に出会いました。

解説

内田剛

加藤元は裏切らない。デビュー時から追いかけ続けて、大いに期待している作家である。新作が出る度にハードルを上げ続け、挑むような気分で読むのだが、いつも新鮮な驚きで満たされる。想像を遥か(はる)に超えて思う存分に楽しませてくれるのだ。新機軸ともいえるこの新作『本日はどうされました?』も嘘偽り(うそいつわ)なく大満足の一冊であった。とにかく観察眼が鋭い。何気ない会話やふとした仕草など、人間たちの様々な営みを細やかに再現し、隠されたその素顔を容赦なくさらけ出すのだ。心の奥底にこびりついたすべての感情をいったんバラして、ジグソーパズルのように再び一つのフレームにはめていく。一つ一つのピースからはまったく想像もつかないような見事な完成形の美しさ。読みこむほどに表情を変えていく、作品の奥深さもまたこの作家の長所である。

加藤元は人間味に溢(あふ)れる作家である。愛称はカトゲン。この世に作家は数多(あまた)存在すれどもニックネームで親しまれている作家はそれほど多くはないだろう。作品自体から醸し出される人間性もさることながら、著者ご本人の温かな印象と人柄の良さに惚(ほ)れこんでいる書店員はたくさんいる。ひとたび会えば必ずファンとなるはず。サービス精神が旺盛でとにかく話が面白く、なんとも魅力的なのだ。カトゲン体験は絶対に誰かに伝えたくなる。これもまた人気が広がっている理由なのだろう。最も手軽なカトゲン体験は、ご本人のツイッターを覗いてみることだ。ユニークな猫のアイコンが印象的で開く前からニヤッとさせられる。そして日常のつぶやきが何とも味わい深いのだ。飼い猫、映画、相撲、野球、たまに政治や社会ネタなども絡めて徹底的に飽きさせない。喜怒哀楽も思う存分たっぷりと。とりわけユーモアセンスは味わい深くてやみつきになる。迷わずにフォローが必要であろう。

　長年書店勤務をしていた関係で、僕は神保町の店舗時代に何度か直接お会いする機会を得られた。個人的にも強烈なカトゲン体験をしておりファンのひとりでもある。ここから既刊作品を簡単におさらいしておこう。加藤元は二〇〇九年『山姫抄』（講談社）で第四回小説現代長編新人賞を受賞してのデビューだからもう十年以上のキャリアを持つ。いまや安定した人気と実力を誇る作家としての地位は揺るぎない。この小説現代長編新人賞は朝井まかてや中路啓太、田牧大和など注目作家を輩出していたから、かなり意識をしていた。また勢いのある新人が現れたという印象を持った。二〇一一年の『嫁の遺言』（講談社）が店頭でも話題となった出世作だ。記憶が鮮烈なのは二〇一二年の『泣きながら、呼んだ人』（小学館）だ。この作品は盛岡のさわや書店が選ぶその年のお薦め本「さわベス二〇一二」の書籍部門第一位を獲得した。ここから一気に加藤元の名前が全国の書店にも行き渡ることになる。著者の書店訪問で初めて出会ったのもこの作品だった。その後の活躍も目覚ましい。

キリがないけれど個人的に好きな作品を列挙してみる。『私がいないクリスマス』『十号室』『蛇の道行』『四百三十円の神様』『好きなひとができました』『うなぎ女子』『ごめん。』とどれも素晴らしい小説だ。物語性のある装丁、意表を突く題材と切り口の良さに溢れんばかりの人情。一筋縄ではいかないこの世の情を描き切る作風でコンスタントに好著を世に送り続ける、いまもっとも新作を待たれる作家の一人だ。神奈川県生まれの東京育ちだが、それぞれの「ご当地」に熱狂的な書店員の応援団がいることも特記しておきたい。「カトゲン」はひとつのブランドだ。愛すべき作家の個性と生み出される作品に惚れこんで止まない仲間たちがたくさんいるのだ。

病院での最初の問いかけをそのままタイトルとした『本日はどうされました?』は企みが満載の作品である。スカッと爽快な物語ではなく、ゾクッと精神を抉られるようなストーリー。目次を見ればわかるように序章から終章まで十一人がズラっと並び、それぞれの人物の独白形式で展開していく。何が真実で何が嘘なのか? 本音と建前が生み出す光と影の交錯が続いて、目眩を覚えるほどだ。まずは何から何まで疑ってかかってもらいたい。信ずるよりも裏切りの先に、この物語を読み解くヒントが隠されているかもしれない。

つかみも絶妙だ。導入部分から不穏な空気に満ち溢れ、一気に物語世界へと誘っていく。

「連続不審死事件ってあるでしょう。真中さんもあやしくない？」
「ここの病棟には、怪談があるの」

物語の一つの軸となるのはある病院で立て続けに起きた不審死の問題だ。入院患者の連続不審死事件で担当の看護師が逮捕された事件は実際にも発生しており、自分のいない間に死んで欲しかったというような身勝手な動機を含めて社会問題ともなり、当時のメディアを大いに賑わせたから、読みながら記憶が蘇ってきた。これは現実にあった事件をモデルとした作品なのかと思わせる。創作の中にさり気なく紛れ込ませた真実が心憎い。しかしこの手の事件は証拠がつかみにくく、因果関係を証明することは難しい。まさに真相のほとんどが藪の中に埋没しているかのような明確性に乏しい事件なのだ。グレーゾーンばかりが際立って、ミステリアスなストーリーにこれほど相応しい題材もあるまい。

舞台となるE病院では高齢の患者二名が疑わしい状況で亡くなっており、これは意図的な殺人ではないかと噂になる。疑惑の焦点となるのが看護師の真中祐実だ。彼女の性格、行動を周辺で接する人物が次々と語り、「真中祐実」という人物像を構築していく。

まさに違和感だらけ。患者からの評判はいいのだが、口数が少なく、コミュニケーションが苦手。絵に描いたような不器用な存在だ。職場では何かと困らせる人で嫌う者も多い。追いかけるほどに怪しくなり、不審感も強まっていく。いったいどんな人物なのか、想像を膨らませて読み進めるうちに、ひとりの悪人像を浮かび上がらせてしまう。自らの頭の中で創造したドス黒い悪意の塊に思わずゾッとしてしまった。イメージが作り出す実像は、まったく似ても似つかない虚像なのかもしれない。

槍玉に挙げられた「真中祐実」だけでなく他の看護師仲間や、患者たちもまたそれぞれに表と裏の顔を持つ。犯罪の報道での関係者インタビューでも「まさかあの人が……」というコメントは常套句にもなっているが実際にはそうでもない。「やっぱり……」の要素も多いだろう。誰にとっても「いい人」がいないように、完全無欠の悪人も存在しないのかもしれない。人は欲望があるから生き続けられる。その欲は如何様にも捻れて歪んで変貌をする。意図するしないにかかわらず、人は誰でも被害者にも加害者にもなる要素を持っているのだ。無意識のうちに日常と地続きで起きてしまう事件。この物語は悪意の種が見つかり芽生え、さらに育っていく様をまざまざと見せつける。その表現力は読み手の内側までも染め上げてしまうかのようだ。

この世で最も怖いのは妖怪でも怪物でもなく生身の人間である。それも身近な人たちほど恐怖は際立つ。ちょっとした誤解から妄想が広がり、知らないうちに悪魔を育て上げる。根拠のない先入観と善意の仮面を被った人間の素顔ほど醜いものはない。これはフェイクニュースの蔓延する現代社会の病理の象徴でもある。塗り固められた嘘が人から人へと伝えられ、いつの間にか真実として語られ、取り返しのつかない死を招くこともある。自分のまったく知らないところで「自分像」が作られてしまうのだ。高度な情報化社会が生み出したモンスター。何を基準に、何を手がかりに、誰が「真実」を決めるのか。これは考えるほどに恐ろしい。噂が噂を呼んで奇妙な都市伝説を生み出す。理不尽な悪意の連鎖からの閉鎖的な空気感の膨張。まさにホラー小説的な要素をここから感じるのだ。

　この物語は一点の曇りもない鏡にも思える。読む者の感情をそのままに写し出してしまうような存在だ。邪な心も純粋で汚れのない表情も全て露にしてしまう。悪と思えば悪。善と思えば善。心持ち一つでこの世の風景も一変してしまう。目を背けたくなるような人間の嫌な部分をとことんさらけ出しながらも、この物語は人として生きていく上で、自分ではない誰かとどう付き合ったらいいのかを教えてくれる。その人となりに寄り添って考えれば、孤独の闇もまた色鮮やかに感じられるのだ。仲間たちがいたらもしかしたら多数派が悪かもしれない。知らぬ間に誰かを追いつめてはいないか。その場の勢いに流されて声の小さな儚い善を踏みにじってはいないだろうか。気づいていながら何もしない後悔はいじめ問題にも通じる感覚だ。読んでいながら騒ついた気分にさせられる、いわゆる嫌ミスに分類されるかもしれないが、作品の本質は決して「イヤ」な部分ではない。どこか作品の随所に救いの眼差しが感じられる。ここに著者・加藤元の生まれ持った人間味、優しさ、温かさが滲み出ているように思うのだ。「真っ当に」生きることの大切さを伝えるカトゲン文学。その視線もぜひ感じとってもらいたい。

　これまでハートウォーミング系の作品が目立っていた著者にとって、この『本日はどうされました?』は異色のアプローチで描かれた作品である。しかしこういうサプライズなら大歓迎だ。練り上げられた構成の妙、見事な展開、絶妙な着地を読めば納得。問答無用で新たな代表作をものにしたと言って良いだろう。またひとつ深くて大きな引き出しを増やしたことに心の底から拍手を送りたい。これからどんなカードが用意されていることか。世知辛い世の中、ますます先の見えない時代だからこそ必要な作家。読むほどに生きる喜びと幸せを与えてくれるオアシスがここにある。読者にも書店員にも愛される大らかな作家・カトゲンのさらなる飛躍が楽しみでならない!

（うちだ・たけし　ブックジャーナリスト）

本書は、「Ｗｅｂ集英社文庫」二〇一八年十二月〜二〇年七月に連載されたものを加筆・修正したオリジナル文庫です。

集英社文庫　目録（日本文学）

かたやま和華　大あくびして、猫の恋　猫の手屋繁盛記
かたやま和華　されど、化け猫は踊る　猫の手屋繁盛記
かたやま和華　笑う猫には、福来る　猫の手屋繁盛記
かたやま和華　ご存じ、白猫ざむらい　猫の手屋繁盛記
加藤　元　四百三十円の神様
加藤　元　本日はどうされました？
加藤　元　ごめん。
加藤ジャンプ・原作／文　土山しげる・画　今夜はコの字で　完全版
加藤千恵　ハニー　ビター　ハニー
加藤千恵　さよならの余熱
加藤千恵　ハッピー☆アイスクリーム
加藤千恵　あとは泣くだけ
加藤千穂美　エンキリ　おひとりさま京子の事件帖
加藤友朗　移植病棟24時
加藤友朗　赤ちゃんを救え！　移植病棟24時
加藤友朗　「NO」から始めない生き方　先端医療で働く外科医の発想

加藤実秋　インディゴの夜
加藤実秋　チョコレートビースト　インディゴの夜
加藤実秋　ホワイトクロウ　インディゴの夜
加藤実秋　Dカラーバケーション　インディゴの夜
加藤実秋　ブラックスローン　インディゴの夜
加藤実秋　ロケットスカイ　インディゴの夜
加藤実秋　学園王国（スクールキングダム）
加藤実秋　渋谷スクランブルデイズ　インディゴ・イヴ
上遠野浩平　荒木飛呂彦・原作　恥知らずのパープルヘイズ　―ジョジョの奇妙な冒険より―
金井美恵子　恋愛太平記1・2
金子光晴　女たちへのいたみうた　金子光晴詩集
金原ひとみ　蛇にピアス
金原ひとみ　アッシュベイビー
金原ひとみ　AMEBICアミービック
金原ひとみ　オートフィクション
金原ひとみ　星へ落ちる

金原ひとみ　持たざる者
金原ひとみ　アタラクシア
加野厚志　龍馬暗殺者伝
加納朋子　月曜日の水玉模様
加納朋子　沙羅（さら）は和子（わこ）の名を呼ぶ
加納朋子　レインレイン・ボウ
加納朋子　七人の敵がいる
加納朋子　我ら荒野の七重奏（セプテット）
壁井ユカコ　2.43　清陰高校男子バレー部①②
壁井ユカコ　2.43　清陰高校男子バレー部　代表決定戦編①②
壁井ユカコ　2.43　清陰高校男子バレー部　春高編①②
鎌田　實　がんばらない
鎌田　實　高橋卓志　生き方のコツ　死に方の選択
鎌田　實　あきらめない
鎌田　實　それでもやっぱりがんばらない
鎌田　實　ちょい太でだいじょうぶ

集英社文庫

本日はどうされました？

2020年8月25日　第1刷　　定価はカバーに表示してあります。
2022年6月6日　第6刷

著　者　加藤　元
発行者　徳永　真
発行所　株式会社　集英社
東京都千代田区一ツ橋2-5-10　〒101-8050
電話　【編集部】03-3230-6095
【読者係】03-3230-6080
【販売部】03-3230-6393（書店専用）
印　刷　大日本印刷株式会社
製　本　大日本印刷株式会社

フォーマットデザイン　アリヤマデザインストア　　マークデザイン　居山浩二

ISBN978-4-08-744147-5 C0193